D1537112

LE COMTE DE SAINT-GERMAIN

L'œuvre au rouge

DE LA MÊME AUTEURE

Chez Hurtubise

Le Comte de Saint-Germain
- tome 1 : *Le mystère*, Montréal, Hurtubise, 2013.
- tome 2 : *Le livre muet*, Montréal, Hurtubise, 2013.

Chez d'autres éditeurs

Dans la collection « Intime », Montréal, Éditions du Trécarré
À contre-courant (2005); *L'amour dans la balance* (2005); *De l'autre côté du miroir* (2005); *Entre elle et lui* (2005); *Trop jeune pour toi* (2005); *Histoire de gars* (2007); *M'aimeras-tu assez?* (2008); *Ma vie sans toi* (2008); *Pink* (2010); *Star* (2010); *C'est compliqué!* (2012); *Lui* (2012).

Le grand deuil, Montréal, Éditions Michel Brûlé, 2007.

Phoenix, détective du temps, Montréal, Éditions du Trécarré
- *L'énigme du tombeau vide*, 2006.
- *L'empereur immortel*, 2007.
- *Le trésor des SS*, 2009.

Les enfants de Poséidon, Montréal, Éditions La Semaine
- tome 1 : *La malédiction des Atlantes*, 2007.
- tome 2 : *Les lois de la Communauté*, 2007.
- tome 3 : *Le retour des Atlantes*, 2008.
- tome 4 : *Nekonata Tero*, 2010.

Les Loups du tsar, Montréal, Éditions Les Intouchables
- tome 1 : *La naissance et la force*, 2009.
- tome 2 : *Le courage et l'humilité*, 2009.
- tome 3 : *La loyauté et la foi*, 2009.
- tome 4 : *Choix et trahisons*, 2010.
- tome 5 : *La quête et l'affrontement*, 2010.
- tome 6 : *Le secret et la légende*, 2011.

La Valse des odieux, Montréal, Éditions La Semaine, 2013.

SYLVIE-CATHERINE DE VAILLY

LE COMTE DE SAINT-GERMAIN

3. L'œuvre au rouge

Hurtubise

Catalogage avant publication de Bibliothèque et Archives nationales du Québec et Bibliothèque et Archives Canada

De Vailly L., Sylvie-Catherine, 1966-

Le comte de Saint-Germain

Sommaire : t. 3. L'œuvre au rouge.
Pour les jeunes de 14 ans et plus.
ISBN 978-2-89723-240-5 (v. 3)

1. Saint-Germain, comte de, m. 1784 - Romans, nouvelles, etc. pour la jeunesse.
I. Titre. II. Titre : L'œuvre au rouge.

PS8593.A526C65 2013   jC843'.54   C2012-942611-3
PS9593.A526C65 2013

Les Éditions Hurtubise bénéficient du soutien financier des institutions suivantes pour leurs activités d'édition :

– Conseil des Arts du Canada ;
– Gouvernement du Canada par l'entremise du Fonds du livre du Canada (FLC) ;
– Société de développement des entreprises culturelles du Québec (SODEC) ;
– Gouvernement du Québec par l'entremise du programme de crédit d'impôt pour l'édition de livres.

Images de la couverture : Éric Robillard, Kinos
Mise en pages : Martel en-tête

Copyright © 2013, Éditions Hurtubise inc.

ISBN 978-2-89723-240-5 (version imprimée)
ISBN 978-2-89723-241-2 (version numérique PDF)
ISBN 978-2-89723-242-9 (version numérique ePub)

Dépôt légal : 4e trimestre 2013

Bibliothèque et Archives nationales du Québec
Bibliothèque et Archives Canada

Diffusion-distribution au Canada :   Diffusion-distribution en Europe :
Distribution HMH   Librairie du Québec/DNM
1815, avenue De Lorimier   30, rue Gay-Lussac
Montréal (Québec) H2K 3W6   75005 Paris FRANCE
www.distributionhmh.com   www.librairieduquebec.fr

Imprimé au Canada
www.editionshurtubise.com

L'enfer, c'est la ferveur que déploient les religions pour maintenir l'homme dans l'ignorance, le plongeant jusqu'à le rendre niais dans un obscurantisme dont il ne sortira jamais!

PREMIÈRE PARTIE

Paris, printemps 1758
Quelque temps avant la mort de la marquise
de la Rochefoucault

1

Lorsque la lourde porte de chêne donnant sur le cul-de-sac de la Croix-Neuve se refermait, un bruit sourd se répercutait sur les hauts murs de pierre de l'église Saint-Eustache, puis tout redevenait rapidement silencieux. Aussitôt englobé par la quiétude des lieux, on se sentait dès lors en dehors du temps et de la frénésie continuelle de la vie parisienne de ce mois de mai 1758. Ces édifices intemporels constituaient un monde à part, à l'opposé de ce qui se passait à l'extérieur. Et cette impression qui prenait les visiteurs, sitôt le seuil franchi, n'avait pas d'âge. Elle se perpétuait malgré les époques, les modes, les changements de mentalités et même les religions.

L'odeur distinctive que l'on retrouve dans les églises, un mélange d'encens, de vieilles pierres et d'humidité, renvoya la visiteuse à ses souvenirs, à cette époque où elle n'était encore qu'une enfant, quand elle venait se recueillir et prier son Créateur plus souvent sans jamais se poser de questions sur son existence. Elle avait bien changé depuis. La petite fille avait fait place à une jeune femme à l'esprit critique qui remettait en cause les diktats de son époque. Elle savait que c'était très mal vu, que peu d'hommes s'intéressaient à des femmes qui réfléchissaient, mais elle ne pouvait aller contre sa nature ni faire semblant. Sa mère lui avait souvent répété qu'elle ne trouverait jamais de mari à trop se montrer indépendante. À cela, elle répondait qu'elle n'en avait que faire.

Une impression d'apaisement l'envahit alors, mais cette parenthèse ne dura qu'un instant. Elle avait toujours aimé cette odeur qui quelque part la réconfortait. Entrer dans une église, que l'on soit croyant ou non, avait quelque chose de bienfaisant, de calmant, malgré ses convictions, sa foi et ses batailles. Était-ce le silence qui y régnait, la sublimité des lieux qui donnaient l'impression d'être devant quelque chose de plus grand que soi? On ne pouvait qu'être touché par de tels endroits empreints de magnificence, et par le génie de leurs bâtisseurs. Pénétrer dans un lieu de culte, quel qu'il soit, calmait l'âme. Peut-être était-ce ce que les architectes avaient souhaité créer? À l'intérieur de ces murs, on ressentait toujours cet effet de mystère presque palpable, comme si les constructeurs avaient été en lien direct avec l'univers, avec Dieu. Comme s'ils étaient les uniques dépositaires d'une connaissance exclusive et réservée seulement à quelques rares initiés. Celui pour qui s'élevaient ces monuments n'était-Il pas d'ailleurs appelé par ces bâtisseurs le Grand Architecte?

La visiteuse se signa, par tradition. On ne chasse pas si facilement les vieilles habitudes et elle le savait.

Elle fit quelques pas pour mieux contempler l'intérieur de l'église. La hauteur de ses voûtes qui s'élevaient à plus de trente mètres donnait le vertige. Le temple était impressionnant de majesté, tout comme sa verrière sur trois étages. Elle appréciait particulièrement ce mélange de symboles gravés dans la pierre ou enchâssés dans les carreaux de verre des vitraux, pour la majorité sans couleur. Lentement, elle descendit l'allée, habitée toujours par cette impression que des secrets se cachaient derrière chaque colonne, porte et recoin. Peu importe l'humeur de chaque visiteur et la raison de se trouver là, ces lieux évoquaient un mélange de sentiments confus où le respect, la peur et la paix s'entremêlaient, le faisant se sentir humble et baisser la tête.

Elle connaissait bien l'endroit et n'eut aucun problème à trouver l'entrée de la chapelle de la Vierge, où se situait une crypte, du côté est de l'église. La visiteuse lança des regards aux alentours, mais le temple était désert, comme le lui avait certifié l'homme qu'elle était venue rencontrer.

«Nous serons seuls. Les lieux seront vides, faites-moi confiance.»

C'était l'heure. La porte était légèrement entrouverte. Elle la poussa pour découvrir un étroit passage donnant sur quelques marches taillées à même le roc. Une faible lueur provenait d'en bas. Hésitant un instant, la femme tâta le contenu de la poche de son manteau, ce qui eut pour effet de la rassurer. Elle jeta un dernier coup d'œil par-dessus son épaule, prit une profonde inspiration pour se donner un peu de courage et entreprit la descente jusqu'à la crypte. L'endroit était exigu et ne contenait rien, à part deux torches allumées au mur. L'être mystérieux avec lequel elle avait rendez-vous devait se trouver là. Il y avait une seconde salle à laquelle on ne pouvait accéder qu'en baissant la tête, tant son ouverture était basse. La pièce, un peu plus grande, contenait deux prie-Dieu installés sur une dalle où étaient gravées des inscriptions en latin. La stèle était surmontée de deux hauts cierges allumés. De toute évidence, la jeune femme était attendue. Elle voulut lire les épitaphes, cependant la lumière des bougies était trop faible pour qu'elle puisse en déchiffrer le sens. Elle fit un tour sur elle-même à la recherche d'un autre passage, mais il n'y avait que l'ouverture par où elle était arrivée.

Le silence était oppressant et la visiteuse faisait de gros efforts pour s'empêcher de quitter en courant cet endroit quelque peu lugubre. Elle devait se contrôler malgré son malaise. Le caveau était sinistre et elle avait en horreur ces monuments funèbres, si froids. Un frisson lui parcourut l'échine, elle s'efforça tout de même de garder son calme. Après tout, elle était là pour une bonne raison et elle ne devait surtout pas décevoir son père. Elle sentit alors une présence tout près d'elle et se retourna vivement en entrant sa main dans la poche de son manteau, où ses doigts rencontrèrent le métal froid du pistolet qu'elle y cachait. Une onde d'inquiétude traversa ses yeux. Un homme se tenait là, contre le mur, silencieux et immobile. Elle était pourtant persuadée qu'il n'y était pas quelques secondes auparavant. Par où était-il passé ? Elle faisait face à l'entrée, comment pouvait-il se trouver dans son dos ? La visiteuse éprouva une certaine anxiété. Ses jambes tremblaient. Devait-elle sortir son arme, le mettre en joue ?

—Ne craignez rien, madame, je ne vous veux aucun mal. Veuillez me pardonner si je vous ai fait peur, ce n'était pas mon intention. Mais je sens bien que vous tremblez...

—Qui êtes-vous? Nommez-vous, je vous prie, l'interrompit la jeune femme.

Sa voix était incertaine, malgré les efforts qu'elle faisait pour la contrôler. L'homme la salua en disant:

—Robert de Villiers, pour vous servir. Et vous, madame, puis-je connaître votre nom et savoir ce que vous faites ici... seule?

Elle hésita. C'était à la rencontre du comte de Saint-Germain qu'elle était venue. La présence de cet inconnu, dans le lieu même de leur rendez-vous, n'était certainement pas un hasard. Peut-être était-il un envoyé, un messager. Elle avala sa salive avant de répondre:

—Je suis Roxanne de la Fressange, monsieur.

L'homme la regardait fixement, mais rien dans ses traits ne trahissait ses pensées, encore moins la surprise que provoquait cette réponse, ni le questionnement qui en découlait.

«Je devine à son âge qu'elle doit être la sœur du vicomte, mais que diable vient-elle faire ici, sans chaperon? Et où est son père?»

—Permettez-moi d'insister. Que faites-vous ici dans cette crypte oubliée du monde? Seriez-vous un brin passionnée de taphophilie? lança-t-il avec son plus charmant sourire, dans le but de rassurer la femme sur ses intentions.

—Non, non... aucunement, monsieur. Pour dire vrai, j'ai rendez-vous ici même avec quelqu'un... qui ne saurait tarder à arriver, d'ailleurs, ajouta-t-elle, hésitante.

Elle ne savait que répondre, mais sentait qu'elle devait dire la vérité. Celui qui se trouvait seulement à quelques pas d'elle dégageait une aura calme.

— Hmm, je vois… Mais, madame, ce quelqu'un a rendez-vous avec un autre.

Elle comprit que l'homme devant elle était bien celui qu'elle devait voir.

— Oui, avec mon père, laissa-t-elle tomber. Mais je suis navrée de devoir vous apprendre qu'il ne viendra pas, monsieur.

— Oh, comme c'est fâcheux ! Puis-je connaître la raison de son désistement ?

— Bien sûr. Mon père est alité, il ne va pas bien. La mort de mon frère, son fils bien-aimé, a eu raison de sa santé. Il m'a donc chargée de me rendre à cette rencontre.

Le comte ne cacha pas sa contrariété. Comment cette gamine, qui n'avait vraisemblablement pas encore atteint la vingtaine, pourrait-elle lui être d'une quelconque utilité ?

— Cette rencontre devait avoir lieu avec Henri-Philippe de Saint-Germain, poursuivit la jeune femme pour le pousser à s'expliquer.

L'homme regarda Roxanne de la Fressange droit dans les yeux tandis qu'elle essayait de se composer une attitude pleine d'assurance, mais il voyait bien qu'elle était toujours effrayée. Il devinait même, à la poche de son manteau qui remuait, qu'elle devait cacher une arme et qu'elle la tâtait pour tenter de se rassurer. Rien de plus normal, songea-t-il. Après tout, elle ignorait qui il était et se trouvait seule dans une crypte avec un inconnu, dans une église complètement vide. Il y avait certes de quoi inquiéter la pauvre jeune fille. Il décida donc de changer d'attitude avant qu'elle déguerpisse ou, pire encore, qu'elle sorte son arme.

— Veuillez me pardonner, mademoiselle de la Fressange, je n'ai pas été tout à fait honnête avec vous. Je suis le comte de Saint-Germain, dit-il sur un ton plus aimable.

Elle fixait son interlocuteur avec intensité, comme si elle soupesait ses mots.

— Bien. Vous me voyez soulagée de l'apprendre. Je crois que nous pouvons maintenant discuter sans méfiance. Si vous le voulez bien, nous allons en venir au fait, car je dois vous avouer qu'il me tarde de sortir d'ici. Interrogez-moi, monsieur le comte, sur le sujet qui vous a poussé à convoquer mon père en ce lieu. Vous disiez que vous aviez des questions importantes et qu'il pourrait certainement vous aider. Que voulez-vous savoir au juste ? Je tenterai de vous répondre du mieux possible. Mon père tenait absolument à s'entretenir avec vous.

— Que savez-vous exactement ? Je doute que votre père vous ait confié sa mémoire et toutes ses pensées, madame ! s'exclama Henri-Philippe, non sans cacher son amusement.

— Vous avez raison de douter, mais croyez-moi, je suis au fait de bien des choses. Allez-y, demandez !

Saint-Germain avait la tête légèrement penchée, comme lorsque l'on pèse le pour et le contre. La jeune

femme le séduisait par son aplomb et sa fraîcheur. Il eut une pensée pour la marquise de la Rochefoucault :
« Elle devait être comme ça à son âge, séduisante et pleine de fougue. Cette gamine est tout à fait charmante, dommage qu'elle soit si jeune… Dans vingt ans, elle sera remarquable… Mais moi, que serai-je alors ? »

— Bon, très bien… À vrai dire, je n'ai pas vraiment le choix, n'est-ce pas ? J'ai prié votre père de me rejoindre ici, car je savais que nous pourrions discuter en toute quiétude, dit-il en l'invitant à s'asseoir d'un signe de la main. Je suis désolé, c'est tout ce que j'ai à vous offrir, fit-il en faisant référence aux prie-Dieu. Mon passage à Paris n'est connu de personne pour des raisons de sécurité. Je ne peux donc me montrer en public et encore moins me faire annoncer chez un homme tel que votre père. Ma visite serait connue dans les minutes qui suivent et je n'y tiens pas. Je ne pouvais, non plus, l'inviter à me rejoindre chez moi, vous comprenez pourquoi, j'en suis certain.

La jeune femme saisit sans plus ample explication qu'il faisait référence à la tentative de meurtre de la rue des Boucheries du Temple, qui avait coûté la vie à son frère. Le comte devait certes être traqué, d'où cette surprenante convocation.

— Oui, bien évidemment… Mais n'y avait-il pas d'autre endroit moins… lugubre ?

— Je connais bien le responsable de cette église, je savais que nous y serions en paix pour discuter, sans oreilles indiscrètes. Et d'ailleurs, qui visite ces cryptes ? Personne. Ce qui en fait un endroit idéal pour des rencontres, disons… clandestines !

La femme n'ajouta rien, attendant que l'homme se décide à poursuivre. Après tout, c'était lui qui avait envoyé cette invitation.

Il le devina et songea dès lors que la jeune femme gardait décidément mieux le contrôle d'elle-même qu'il ne l'avait pensé de prime abord.

—Je souhaitais m'entretenir avec votre père au sujet de son fils, Hugues, votre frère, et de ce qui s'est passé la nuit de sa mort.

Il remarqua un changement d'attitude chez Roxanne de la Fressange. Elle tentait de contenir sa peine, encore vive. L'attentat avait eu lieu il y avait à peine deux mois.

—Oui, c'est bien ce que nous croyions, mais que voulez-vous savoir exactement?

—Je cherche à connaître la vérité, mademoiselle. Je ne m'explique pas la mort de votre frère. Plus je repense à ce qui s'est passé et moins je saisis les raisons qui ont pu pousser le vicomte à se placer entre le tueur et moi. Car je suis persuadé que ce geste était volontaire. Je ne connaissais pas votre frère avant cette soirée, mais lui, savait-il qui j'étais? Savait-il que je serais présent ce soir-là, à…

Le comte ne termina pas sa phrase, prenant soudain conscience qu'il allait faire mention de la franc-maçonnerie.

Elle le devina.

—À cette soirée d'initiation franc-maçonne, voulez-vous dire?

—Oui, c'est bien cela, confirma-t-il.

Il se dit que de la Fressange père avait envoyé sa fille à cette rencontre sachant très bien les qualités dont elle était dotée. À ne plus en douter, elle savait de quoi il retournait.

—Nous savions, effectivement, que vous seriez là. Mais votre présence, l'initiation de Hugues, la tentative de meurtre sur votre personne et le sacrifice de mon frère sont des choses bien distinctes, qui se sont entrecroisées par un incroyable et malheureux hasard...

Saint-Germain se garda bien de lui dire qu'il ne croyait pas au hasard. Ce n'était ni le lieu ni le moment.

—Un bien sombre enchevêtrement...

—Oui, vous avez raison. Mais il y a tant de choses que l'on ne s'explique pas dans la vie, vous devez le savoir. La destinée de chacun peut être un mystère. Nous faisons des choix sans jamais en soupçonner les conséquences.

La femme se tut et Saint-Germain devina qu'elle attendait la suite des questions, qu'elle n'allait pas lui fournir aussi facilement les informations. Elle ne se contenterait que de répondre.

—Vous me parlez de destin, de sacrifice. Que voulez-vous dire par là ? Pourquoi un tel geste de folie, pour quelles raisons, le savez-vous d'ailleurs ? lui demanda-t-il abruptement.

—Votre question est complexe, monsieur. Je me réserve le droit de ne pas vous répondre. Non parce que j'ignore les faits, mais tout simplement parce que je juge que seul mon père doit vous fournir ces explications. Mais je peux tout de même vous confirmer que Hugues s'est bien sacrifié pour que vous viviez.

Saint-Germain reçut la nouvelle comme un coup de poing dans le ventre.

La pénombre empêcha Roxanne de la Fressange de s'apercevoir du malaise de son vis-à-vis. Elle poursuivit donc :

— Vous avez convoqué mon père ici. Il ne peut se déplacer. Il m'a envoyée vers vous pour connaître la raison de cette requête. Je vous invite à venir le voir ce soir. Je m'arrangerai pour que vous ayez libre accès à ses appartements, où nous vous attendrons. Passez vers minuit. Vous trouverez les portes ouvertes et aucun serviteur ne croisera votre route. Vous pouvez me faire confiance, monsieur. Croyez-moi, nous ne vous voulons aucun mal, bien au contraire.

Saint-Germain nota la dernière phrase. La jeune femme se leva pour lui indiquer que la conversation était terminée.

— Viendrez-vous ?

— Je ne manquerais ce rendez-vous pour tout l'or du monde, mademoiselle.

La jeune femme eut un léger rictus.

— Pour tout vous dire, monsieur le comte, je devais, en venant ici, évaluer si vous étiez quelqu'un de bien, si votre réputation d'honnêteté était fondée. Si vous en valiez la peine et si mon frère n'avait pas fait une erreur en se sacrifiant pour vous. Dans un tel cas, j'aurais su vous dépeindre autrement à mon père, et notre vie aurait été tournée vers l'avenir et non plus axée sur le passé. Il souhaite lui aussi faire votre connaissance. Si vous n'étiez pas ce qu'il espérait, je devais vous fournir de vagues explications et m'en retourner. Je ne suis qu'une messagère.

Saint-Germain ne comprenait pas les propos de la vicomtesse. De quoi parlait-elle ? Que voulait-elle dire par «Notre vie aurait été tournée vers l'avenir et plus axée sur le passé»?

—Et à quoi jugez-vous mon honnêteté? Nous avons à peine bavardé.

—J'ai ce qu'on appelle un don pour lire les gens. Je devine à qui j'ai affaire sitôt que je croise le regard de quelqu'un. Mon instinct ne me trompe jamais. Et puis, il y a votre réputation.

Le comte la fixa un instant, quelque peu étonné par cette assurance soudaine dont elle faisait preuve.

—Que vous disent mes yeux? demanda-t-il en baissant légèrement la voix, tout en plongeant son regard sombre dans celui de la jeune femme.

Roxanne de la Fressange éprouva un drôle de sentiment, un mélange de fascination et d'attirance pour le noble. Il était la séduction même et elle dut faire un effort pour se soustraire à son attrait. Malgré l'obscurité des lieux, le charme de l'homme opérait.

—Que vous cherchez à atteindre quelque chose qui vous échappe, que vous avez des secrets, que vous ne vous ouvrez jamais entièrement aux autres, mais aussi que vous êtes bon, honnête et sincère. Vos yeux me disent aussi que vous fréquentez trop souvent la solitude, monsieur.

Saint-Germain accusa le coup. Roxanne de la Fressange le mettait à nu en seulement quelques mots. Il se troubla, ce que la femme perçut. Elle comprit qu'elle venait de mettre le doigt sur la vérité et elle en éprouva une grande satisfaction.

—Voici un plan de la demeure, dit-elle en sortant de sa poche une feuille pliée en quatre, c'est le chemin à suivre jusqu'aux appartements de mon père. Soyez-y ce soir, nous vous attendrons.

Il la salua d'un léger mouvement du torse, tandis que la visiteuse s'éloignait déjà pour sortir de la crypte.

Il demeura un moment songeur, encore étonné par sa perspicacité.

« Si clairvoyante à son âge. Comme elle le dit elle-même, c'est un véritable don, mais également une fatalité... Et quelle sensualité, grands dieux ! »

Saint-Germain plaqua sa main sur une pierre sur laquelle une croix était gravée et la poussa, actionnant ainsi un système d'ouverture donnant sur un passage. Il était impossible de voir que le mur cachait une entrée donnant dans les égouts de la ville, non seulement parce qu'elle se confondait à la cloison, mais aussi à cause de la pénombre. C'est ainsi qu'il était arrivé dans la crypte. Agopian, son ami libraire, lui avait fait découvrir des voies inconnues de la majorité des citoyens, qui parcouraient les sous-sols de Paris. Les canalisations de maçonnerie remontaient pour la plupart à l'époque romaine et plusieurs étaient encore très praticables. Il avait ainsi découvert que la ville était truffée de portes donnant accès à des dédales de couloirs. Il en existait une tout près de chez lui, rue Vieille-du-Temple, et elle s'ouvrait sous l'église de Saint-Eustache même. Il n'était pas difficile de s'orienter dans ces passages, car le nom des rues était inscrit sur les parois ainsi que les adresses. Le comte circulait de cette façon dans la ville sans se faire voir et cela l'amusait beaucoup.

La jeune vicomtesse monta à bord de sa voiture. Elle demeura un moment cachée derrière le rideau de velours bleu nuit à observer la porte, mais elle ne vit pas le comte ressortir.

«Il a certainement pris une autre issue... Quel homme fascinant!», pensa-t-elle, un demi-sourire perdu sur ses lèvres, tout en se laissant choir au fond de son siège recouvert de brocart.

Durant tout le trajet du retour, elle repassa en boucle les quelques mots qu'ils venaient d'échanger. Lorsque son carrosse entra dans la cour intérieure de son hôtel particulier, elle fut chagrinée de quitter ces enveloppantes rêveries. Elle devait faire un rapport à son père. Mais la perspective de revoir le comte à minuit la rendit plus gaie. Elle monta les marches deux par deux jusqu'aux appartements du vicomte.

2

LE COMTE DE SAINT-GERMAIN avait suivi sans
encombre le trajet qui figurait sur le plan que lui
avait donné la vicomtesse de la Fressange quelques
heures plus tôt. Il n'avait pas croisé âme qui vive. Il
cogna deux petits coups à la double porte qui donnait
sur les appartements du vicomte. L'attente ne fut pas
longue, rapidement l'un des battants s'ouvrit sur
Roxanne. L'apparition de la jeune femme lui fit un
agréable effet. Elle était très belle, si jeune, si pleine
de fraîcheur et de vie. Blonde, les yeux d'un bleu
translucide, un petit air taquin animait son regard. Sa
silhouette un peu enrobée lui donnait une allure très
sensuelle. Quelque chose de gourmand se dégageait
d'elle et Saint-Germain ne douta pas un instant qu'elle
devait beaucoup plaire. N'eussent été les circonstances,
il lui aurait fait un brin de charme, bien que la femme
soit trop jeune à son goût.

—Entrez, monsieur, nous vous attendions.

Le comte la salua d'une légère inclination du corps
avant de retirer son large couvre-chef et de dévoiler
ainsi son visage. Elle le vit alors en pleine lumière et
fut aussitôt séduite par ses traits racés. Son regard

foncé captait l'attention. Une profondeur qui donnait le vertige et la jeune femme en éprouva de la fascination. Roxanne le savait déjà, elle était sous son charme. L'aura de cet homme était unique.

Elle le laissa passer pour refermer derrière lui, avant de le mener aux appartements qu'occupait le maître des lieux. Lorsqu'ils entrèrent dans la chambre, elle fit signe au comte d'attendre un instant. Roxanne se dirigea vers son père, qui semblait sommeiller, lui murmura quelque chose à l'oreille, ce qui eut pour effet de le ranimer. Elle plaça les oreillers dans son dos et lui tendit une coupe. L'homme portait déjà une robe de chambre en velours bleu nuit, mais elle déposa un châle d'une laine finement tissée sur ses épaules.

Il semblait âgé d'une bonne soixantaine d'années. Ses cheveux poivre et sel, sur son crâne légèrement dégarni, ondulaient mollement jusqu'à ses épaules. On voyait bien qu'il était malade, mais ses yeux bleus donnaient l'impression de sonder votre âme. Son regard était le même que celui de sa fille. Le vicomte semblait n'avoir rien perdu de sa vivacité, malgré son teint blême et ses joues creuses. Saint-Germain ne remarqua pas la surprise que provoqua son apparition à son hôte, du moins il attribua ce léger sursaut au fait que l'homme était assoupi et qu'il s'étonnait certainement de voir un inconnu dans sa chambre, même s'il attendait cette visite.

—Père, je vous présente le comte de Saint-Germain.

—Je suis heureux que vous soyez venu, monsieur, lui lança le vicomte, en invitant d'un geste de la main son visiteur à s'approcher. Vous me voyez profondément peiné de vous recevoir dans de telles conditions. Veuillez m'excuser de vous accueillir dans ma chambre comme un vulgaire roturier, mais je ne suis pas bien depuis quelque temps.

— Monsieur de la Fressange, ne soyez pas navré, je vous en prie, cela m'importe peu. Je ne suis pas ici pour être reçu. C'est moi, bien au contraire, qui suis désolé de vous importuner en demandant à vous voir dans de telles circonstances.

— Monsieur, croyez-moi, vous ne me dérangez pas... C'est un privilège de vous recevoir sous mon toit. Notre entrevue était inévitable.

— Il m'était impossible de manquer une telle invitation. Je vous sais gré d'avoir bien voulu accéder à ma demande, malgré le drame que votre famille et vous vivez. Quant à votre santé, monsieur, je souhaite qu'elle se rétablisse rapidement.

— Oui, ces circonstances affligeantes, comme vous dites, ne sont guère amènes pour les nouvelles rencontres. Il est dramatique de perdre son enfant, c'est une chose que je ne souhaite à personne. Mais je désirais moi aussi vous connaître.

Saint-Germain ne répondit rien, mais il trouvait tout de même étranges les propos de cet homme. La façon dont il s'adressait à lui était troublante. Il y mettrait trop d'emphase. Il chassa ces pensées et se concentra sur son hôte.

— Vous savez maintenant pourquoi j'ai raté notre rendez-vous. Il m'est impossible de me déplacer. Je dois me montrer prudent selon mon praticien, sinon je ne passerai pas l'été... Mais vous savez comment sont les médecins, toujours si graves. Je vous ai donc envoyé ma fille, qui devait d'abord voir qui vous étiez avant de vous convier ici. Dans mon état, je n'aurais pas supporté de rencontrer un être sans compassion. Et comme je me fie à son instinct, qui est excellent…

Le comte se demanda si l'homme n'avait pas un peu perdu l'esprit. Avait-il bien fait de venir à ce rendez-vous ?

—Permettez-moi de vous offrir un verre de cette eau-de-vie d'une rare finesse, dit le vicomte en faisant un signe à sa fille.

Roxanne tendit un verre à leur invité nocturne tout en le fixant intensément, avant de retourner aux côtés de son père.

—Il est clair, poursuivit ce dernier, que vous vous interrogez sur cet horrible attentat qui a eu lieu rue des Boucheries du Temple.

L'homme fit une pause. Le sujet était encore difficile à évoquer.

—Oui, c'est bien cela. Ce n'est pas sur l'attentat même que je m'interroge, la police mène son enquête et j'ai bon espoir qu'elle découvrira rapidement le coupable et les raisons expliquant son geste. Non, monsieur, ce que je cherche à mieux saisir, ce sont les motivations de votre fils. Je ne m'explique pas son intervention. D'autant plus que votre fille m'a confirmé que Hugues s'est bien sacrifié pour que je vive.

Le comte avala une gorgée de l'alcool incolore au goût très prononcé. Il buvait rarement, mais il sentit que cette eau-de-vie lui serait bénéfique. La conversation n'allait pas être facile. Il avait l'impression de torturer cette famille endeuillée. Était-il nécessaire qu'il sache cela, qu'il creuse la question ?

—Je sais que mes paroles ne sont pas aisées à entendre. Je vous prie de me pardonner si elles vous font souffrir. Mais je dois comprendre. Pourquoi donc votre fils s'est-il volontairement placé entre l'assassin et moi ?

Le malade demeura muet encore un instant. Roxanne lui prit la main et la serra dans la sienne, pour le réconforter. Des larmes perlaient à ses cils. De son mouchoir de dentelle, elle les essuya délicatement. Le moment était grave. Henri-Philippe éprouvait un profond malaise à l'idée d'ajouter à leur malheur, mais la question était trop importante. L'alité passa sa main décharnée sur ses yeux avant de laisser tomber d'une voix brisée :

—La réponse est complexe monsieur de Saint-Germain. En effet, Hugues a donné sa vie pour que la vôtre soit épargnée ! Il savait ce qu'il faisait.

Henri-Philippe prit le temps de s'asseoir sur le siège qui se trouvait tout près de lui. C'était insensé.

—Je comprends votre trouble, continua l'homme.

—Vous ne semblez pas étonné par la chose... Pourquoi ? Je ne connaissais pas votre fils avant cette soirée...

—Et Hugues ne vous connaissait pas non plus, le coupa l'homme. Mais je peux vous certifier qu'il a donné sa vie en toute connaissance de cause.

Saint-Germain se passa la main sur le visage, médusé. Il n'en croyait pas ses oreilles. Cette histoire était absurde.

—Expliquez-moi, je vous prie. Son sacrifice devient encore plus lourd à porter maintenant que vous me dites que cela a été fait de son plein gré.

Henri-Philippe reprit une gorgée d'alcool.

—Il est tout à fait normal que cet aveu vous déconcerte. Prenez le temps de bien assimiler ce que je viens de vous dire, monsieur de Saint-Germain, car la suite est encore plus particulière. Je vous dois des explications. Même si ce n'est pas simple à raconter, je tenterai de vous exposer les principaux éléments de cette histoire. Je dois cependant vous poser une question, puis-je?

—Oui, bien sûr, allez-y, je vous en prie. Soyons honnêtes l'un envers l'autre.

—Avez-vous déjà entendu parler des chevaliers François?

Saint-Germain plissa le front, cherchant dans sa mémoire.

—Non, jamais. Ça ne me dit rien.

—Fouillez bien dans vos souvenirs. Lorsque vous étiez tout jeune et que vous viviez encore en Inde, n'avez-vous jamais entendu la moindre chose à leur sujet?

Saint-Germain ne montra pas l'étonnement que provoquait en lui cette simple question, qui sous-entendait que l'homme en savait beaucoup sur son passé.

—Je ne vois pas, non. Ça n'évoque rien, je vous assure.

—Oui, peut-être bien, c'est possible après tout... Il est vrai que votre oncle est mort prématurément sans avoir eu le temps de vous expliquer certaines choses et qu'Atal n'en a certainement pas eu l'occasion, lui non plus. Vous étiez encore si jeune, avec de si lourdes responsabilités. Il a dû juger inutile de vous parler de votre passé. Et la mort l'a aussi fauché sans que vous en appreniez plus sur votre histoire. Ce meurtre était d'une telle sauvagerie!

— Comment se fait-il que vous soyez au courant de ces événements? Qui êtes-vous donc? s'écria Henri-Philippe en se relevant vivement de son fauteuil, soudain inquiété par les paroles de son hôte.

Était-il tombé dans un piège? Il était venu en ces lieux pour trouver des réponses à ses questions et voilà que le mystère s'épaississait. La jeune femme se redressa et se retourna vers le visiteur. Le malade prit un mouchoir avec lequel il essuya ses lèvres.

— Calmez-vous, monsieur le comte! Nous ne sommes pas vos ennemis, nous ne voulons que votre bien, vous pouvez me croire, dit Roxanne en tentant de se faire rassurante. Asseyez-vous, je vous en prie, et écoutez. Mon grand-père connaissait très bien Christian Bertrand von Holtzendorff Pfeiffer, votre père adoptif. Nous sommes vos amis.

La nouvelle frappa Henri-Philippe telle une gifle et le laissa pendant un instant complètement sonné, interdit. Il ne savait plus s'il devait fuir les lieux ou exiger des explications. La révélation était de taille. Il commençait à croire que cette rencontre nocturne serait fertile en confidences. Ses pensées se chevauchaient, mille et une questions lui venaient à l'esprit. Après tout ce temps, pourquoi son passé refaisait-il surface?

— Vous êtes surpris, enchaîna le malade, et je le conçois parfaitement. Comment pouvons-nous être au courant? À votre connaissance, seuls Atal et quelques fidèles étaient au fait de ces secrets. Votre oncle vous a même fait jurer de ne jamais en parler à quiconque, pas même à la femme de votre vie. Votre passé ne devait être connu de personne. Vous deviez même l'oublier, et voilà que plus de cinquante ans plus tard, il réapparaît. Nous comprenons votre désarroi.

Henri-Philippe avala le reste de son verre d'un coup. Il se sentait décontenancé. Il ignorait, en entrant dans cette demeure, qu'il aurait rendez-vous avec son passé.

—Mon père, poursuivit l'homme alité en voyant que son invité demeurait muet de surprise, était le duc Szeben Szécényi, chevalier François, fidèle ami du prince François II Ràkoszi et son premier chevalier. Ça vous dit quelque chose, je suppose? Oui, Sa Majesté le prince votre vrai père, monsieur de Saint-Germain. Nos pères étaient amis.

Le comte eut un geste nerveux. Il se passa plusieurs fois la main sur le front. Il ne pouvait cacher son émoi. Comment cela était-il possible? Son oncle lui avait fait jurer de tenir sous silence cette histoire et voilà qu'il découvrait que d'autres étaient au courant. Il se laissa retomber dans son fauteuil.

Roxanne le regardait avec compassion, comme si elle cherchait à lui offrir son soutien. Mais elle devait encore attendre. S'approcher de lui ne servirait qu'à le rendre encore plus méfiant, il la repousserait, c'était certain. Il devait savoir avant tout. Ensuite, elle lui offrirait son amitié en toute sincérité.

—Ne lui en veuillez pas, reprit l'homme comme s'il devinait ses pensées. Votre oncle n'a pas trahi ce secret qu'il voulait tant que vous taisiez. Il souhaitait vous en parler, il désirait vous faire certaines confidences, mais il n'avait pas prévu qu'il mourrait d'une fièvre à bord du bateau qui vous ramenait en Angleterre. Là, justement, où il comptait vous présenter à notre petite confrérie. Une rencontre était projetée...

— Avec vous ?

— Avec notre ordre, oui, si je peux appeler ainsi les fiers chevaliers François. Vous deviez connaître notre existence, c'était envisagé depuis longtemps.

— Mon oncle faisait partie de votre confrérie ?

— Non. Il fallait être chevalier pour en faire partie. Votre oncle, même si son dévouement envers vous faisait de lui le plus valeureux des gentilshommes, n'était pas chevalier au sens propre du terme, mais connaissait l'existence de notre association depuis l'instant où elle avait été formée. Il savait quel était notre devoir, et nous étions en contact étroit avec lui.

— Votre devoir ? répéta Henri-Philippe comme un automate.

Roxanne de la Fressange se leva pour aller prendre la bouteille d'eau-de-vie sur le plateau d'argent, puis en remplit le verre du visiteur. Il la remercia d'un signe de la tête et but d'un trait le contenu de sa coupe. Il sentit la chaleur de l'alcool se répandre dans son estomac, dans ses tripes, et en apprécia l'effet bienfaisant. Il avait besoin d'engourdir ses émotions.

— Permettez-moi de vous donner quelques explications. Vous comprendrez mieux cet échange pour le moins décousu. Commençons par le début, voulez-vous ? Le prince François II Ràkoszi a épousé Charlotte-Amélie de Hesse Wanfried alors qu'ils n'étaient encore que des adolescents. Vous connaissez cette histoire, votre oncle vous a parlé de cette femme.

« Décidément, il est au courant de tout… », songea le comte.

— De leur union sont nés deux fils : József et Gyorgy. József, l'aîné, est mort en bas âge ; il était donc tout à fait sensé de croire que Gyorgy succéderait à son père sur le trône. Cependant, votre naissance le même jour à la même heure, comme vous le savez assurément déjà, vint brouiller les cartes.

— Oui, effectivement…

— Le souverain, étant très épris de votre mère, désirait par-dessus tout vous léguer son trône. Il annonça son intention de divorcer de Charlotte-Amélie dès qu'il apprit qu'Aude Bérangère était enceinte. Il était fou de joie. Et c'est là que tout bascula. L'ambition démesurée des Hesse Wanfried était connue. Il devint vite évident qu'ils ne se laisseraient pas déposséder de leurs privilèges. Il fut donc décidé de tenir la grossesse d'Aude secrète, et ce, jusqu'à nouvel ordre. Le prince n'avait pas prévu que la famille de sa femme s'en prendrait directement à votre mère en la menaçant de mort. Ainsi, les chevaliers formèrent une alliance visant à vous protéger, vous, le successeur désigné de leur roi bien-aimé ! Mon père et quelques autres gentilshommes étaient entièrement dévoués au prince qu'ils estimaient profondément, au point de se sacrifier pour lui. Le régent leur fit jurer de veiller sur vous jusqu'à votre mort. Votre naissance devait demeurer cachée jusqu'à ce que le divorce soit prononcé. Mais les Hesse Wanfried se sont farouchement opposés à la volonté de François II de répudier son épouse dans le but de faire de votre mère la future princesse de Transylvanie. Alors qu'ils ignoraient qu'elle était enceinte, ils la firent arrêter et jeter en prison avec l'intention de la tuer si leur souverain poursuivait ses desseins. Votre père s'inclina, en échange de la vie sauve d'Aude.

— Des barbares, prononça le comte, presque dans un murmure.

— Non, pas des barbares, lui répondit le grabataire, des ambitieux ! La soif de pouvoir est la maîtresse des arrivistes !

L'homme marqua un temps avant de poursuivre :

— Quelques heures après votre naissance, qui eut lieu dans le plus grand secret, vous fûtes envoyé dans un orphelinat en Belgique, pendant que les chevaliers tentaient d'effacer toute trace de votre existence. Votre mère, de son côté, prenait le chemin opposé pour s'éloigner de vous le plus possible. Elle se rendit en Italie, dans un couvent qu'elle connaissait, en priant de toute son âme que jamais les Hesse Wanfried n'apprennent votre existence. Elle y mourut de désespoir sans revoir ni son fils ni l'homme qu'elle aimait.

— Oui, je connais cette histoire. Mon oncle me l'avait racontée, hormis certains détails. Mais vous voulez dire que ces hommes, ces chevaliers François, attendaient le bon moment pour me remettre la couronne de la Transylvanie ?

— Oui. Ils avaient alors bon espoir que votre situation s'améliorerait. Ces gentilshommes n'étaient pas les seuls à vouloir chasser les Hesse Wanfried du pouvoir, bien des nobles appuyaient leur initiative. L'ordre souhaitait que vous preniez place sur le trône, selon la volonté de votre père. Les chevaliers savaient également que sitôt votre identité découverte, les fidèles serviteurs de la famille Hesse Wanfried cher-cheraient à vous éliminer.

—Mais pourquoi ne pas avoir tout simplement dépossédé cette famille de ses titres? Le prince François en avait les pleins pouvoirs, non?

—Vous avez raison, mais ces gens avaient plus d'un atout dans leur manche. Ils avaient et ont toujours l'appui incontestable non seulement des Habsbourg, mais également de l'Église. Ils étaient, en quelque sorte, intouchables. Et même si votre père était sur le trône, c'étaient bien eux qui prenaient les décisions. Et cela n'a pas changé après toutes ces années. Votre demi-frère n'est qu'un pantin entre leurs mains.

—Je comprends mieux maintenant…

—Voyant la tournure que prenaient les événe-ments, les chevaliers François ont donc prêté serment de vous protéger, au péril de leur propre vie. Mais personne n'aurait pu prévoir l'horrible suite: la mort prématurée d'Aude, rapidement suivie par celle du prince François. En quelques mois seulement, le des-tin de la Transylvanie, et donc le vôtre, venait de basculer. Charlotte-Amélie de Hesse Wanfried devint alors la régente du pays, secondée par sa famille, en attendant que votre demi-frère, âgé de quelques mois, soit apte à régner. Le décès de votre mère résolvait tous les problèmes.

—Pratique, vous ne trouvez pas? ironisa Saint-Germain.

—Oui, peut-être bien… Vous n'êtes pas le premier à faire cette remarque. Mais nous ne saurons peut-être jamais de quoi est réellement morte Aude Bérengère.

Le médecin qui a attesté son décès a affirmé au prince qu'elle avait trépassé de mélancolie.

—Un examen du corps a-t-il été pratiqué? s'informa le comte.

—Oui, à la demande de François. Mon père m'a dit que votre mère avait beaucoup maigri. Des cernes marquaient ses yeux qui avaient été si brillants et si enthousiastes par le passé.

—Je ne serais pas surpris de découvrir qu'elle a été empoisonnée, soupira Henri-Philippe après un moment de réflexion.

—Comment savoir, après tout ce temps?

Le comte se pinça les lèvres, insatisfait de la réponse du vicomte de la Fressange.

—Poursuivez, je vous en prie, dit-il.

—La mort d'Aude fut bien mal reçue par votre père, qui s'effondra de douleur. À partir de cet instant, plus rien ne sembla compter pour lui. Sa souffrance dura des semaines. Il dépérissait à vue d'œil. L'annonce de son décès eut l'effet d'une vraie catastrophe pour la noblesse du pays qui ne voyait pas d'un bon œil l'accession des Hesse Wanfried au pouvoir. D'ailleurs, ces derniers ne mirent guère de temps à marquer leur règne par des gestes significatifs. L'un de ceux-là fut de bannir sur-le-champ de Transylvanie tous les chevaliers François. Mon père trouva refuge en France et changea de nom, sous les recommandations bien intentionnées du roi Louis XIV qui appréciait énormément le prince François. La France se montrait peu favorable à la mainmise des Hesse Wanfried sur le trône de Transylvanie, mais elle ne fit rien pour la contrecarrer. Après tout, le prince Gyorgy, votre frère, avait le droit d'accéder au trône en toute légitimité. Et puis, si peu de gens connaissaient votre existence.

—Où sont allés les autres chevaliers?

—Certains trouvèrent refuge ici, d'autres partirent pour l'Angleterre et les provinces de Belgique.

Henri-Philippe se souvint vaguement des paroles d'Atal, qui lui avait glissé un mot sur une rencontre prévue à Londres.

—Vous fûtes adopté par votre oncle à la demande de votre mère, poursuivit l'homme. C'était une bonne chose. Vivant en Inde et étant sujet anglais, il n'était pas connu des Hesse Wanfried. Votre oncle avait le choix de vous prendre avec lui ou de vous faire adopter. Je sais que sa décision fut prise lorsqu'il vous a rencontré pour la première fois dans l'étude du notaire. À partir de là, vous connaissez la suite.

—Mais dites-moi, votre fils Hugues, votre fille et vous-même, que venez-vous faire dans cette histoire?

—Mes aïeux, les chevaliers François, m'ont transmis le secret de votre naissance et de votre existence cachée, tout comme aux autres membres de mon ordre, en me faisant jurer de vous protéger à mon tour si l'on venait à découvrir qui vous étiez. J'ai agi de même avec mes enfants. La promesse faite à vos parents se perpétue et elle sera respectée jusqu'au jour de votre mort.

Saint-Germain dévisagea le vicomte, abasourdi.

—Mais c'est complètement insensé! Vous voulez dire que votre fils, Hugues, était un de ces chevaliers François? Qu'il a sacrifié sa vie pour que je puisse vivre, et éventuellement réclamer le trône, sans même me connaître, sans même être partie prenante de cette histoire qui remonte à l'époque de son aïeul? Que Roxanne a fait la même promesse?

— Oui, exactement.

— C'est de la folie, pure et simple! Je crois rêver! Comprenez-moi, monsieur, je ne veux pas du trône de Transylvanie, je n'en ai jamais voulu, mais surtout, surtout, je refuse que l'on meure pour moi! s'emporta le comte en se levant.

Il se mit à arpenter la pièce avec nervosité.

Le vicomte ne répondit rien. Il reprenait son souffle, tandis que sa fille lui tendait un verre d'eau dans lequel elle venait de verser une potion médicamenteuse. Ils échangèrent un regard complice qui n'échappa pas à Saint-Germain.

«Ces gens sont fous...», songea-t-il en regardant la jeune femme qui prenait soin de son père.

Elle était si jeune, si délicieuse. Que venait-elle faire dans cette histoire qui prenait racine au temps de son grand-père, cet aïeul qui avait fait une promesse si lourde qu'elle en portait encore le poids? Il était hors de question que cette jeune femme ou qui que ce soit d'autre en subisse les conséquences.

— Je veux savoir pourquoi vous ne vous êtes jamais manifestés depuis toutes ces années. Pourquoi poursuivre cette tradition alors que des décennies nous séparent de ces événements? Qui se soucie, aujourd'hui, de la succession au trône de Transylvanie, je vous le demande? Mon demi-frère y est installé, eh bien, qu'il y reste! Je n'en ai cure.

— Vous pourriez être surpris par le nombre de personnes qui regrettent, aujourd'hui encore, ce qui s'est passé à l'époque. Votre père était aimé. Les chevaliers, monsieur de Saint-Germain, ont prêté serment de vous protéger jusqu'au jour de votre mort, et vous êtes toujours en vie, que je sache! Après le décès de votre oncle, l'occasion de vous rencontrer ne s'est plus représentée et nous ne nous sommes jamais fait connaître, car jusqu'à tout récemment, c'était inutile. Hugues et Roxanne, tout comme les autres, auraient été rapidement libérés de leur serment, puisque vous-même n'êtes plus jeune, bien que votre visage semble infirmer mes propos.

— Vous aussi, vous avez juré de me protéger au prix de votre vie? demanda-t-il à la jeune femme qui demeurait bien étrangement silencieuse, même s'il connaissait la réponse à sa question.

— Oui. Ce serait un honneur de mourir pour vous, monsieur, dit-elle en inclinant légèrement la tête.

Henri-Philippe la fixait.

«Ces gens sont fous… Je suis en train de rêver…», se répétait-il.

— Dites-moi, je vous prie, comment Hugues a-t-il découvert mon identité? Comment avez-vous appris que je me trouvais ici, à Paris? Et ces attentats depuis mon arrivée en France, ils ne sont pas fortuits, n'est-ce pas?

— Vous avez raison, ces attentats ne sont pas le fruit du hasard. Nous ignorions où vous étiez exactement avant d'arriver en terre française. Ce n'était pas la première fois que vous veniez ici, ça, nous le savions et nous parvenions toujours à obtenir des bribes d'information sur vos déplacements. Mais votre identité a été découverte le jour où vous avez été présenté à la cour.

Saint-Germain fronça les sourcils.

—Votre ressemblance avec votre demi-frère Gyorgy n'autorise aucun doute. Vous êtes aussi semblables que des jumeaux. Je n'étais pas présent lorsque vous fûtes introduit auprès du roi, mais Hugues, lui, était là. Et il n'était pas le seul. L'ambassadeur Vlad Balanesco Zidar s'y trouvait également. Et même s'il ignorait qui vous êtes réellement, il n'a pu s'empêcher de constater cette incroyable ressemblance qui vous a trahi, malgré toutes ces décennies passées et malgré les efforts de la confréric pour effacer les traces de votre existence. Lorsqu'on a annoncé votre arrivée à Sa Majesté le roi de France, mon fils a tout de suite su qui vous étiez. Il a également surpris le regard de l'ambassadeur, qui était sous le choc. Hugues a compris qu'il s'interrogeait aussi. La suite était prévisible. Depuis ce jour, il mène une enquête sur vous, mais ne trouve rien, puisqu'il n'y a rien à trouver. En réalité, vous n'existez plus, je parle d'un point de vue légal, bien entendu.

—Comment votre fils a-t-il pu me reconnaître et faire le lien avec le prince Gyorgy ? Se connaissent-ils ?

—Oui, Hugues l'a rencontré. Il y a de cela plus d'un an, le prince a convoqué les anciens chevaliers ayant été au service de son père, afin de leur remettre une médaille de bravoure pour leur loyauté envers le prince François II. Nous n'avons pas très bien compris les raisons de cette convocation après toutes ces années d'exil et nous nous méfiions de ce rendez-vous. Le prince Gyorgy souhaitait en réalité, et selon ses dires, renouer avec le passé de son père qu'il n'a pas connu. Il voulait rencontrer ceux pour qui le prince avait eu une si grande estime. Je m'étais blessé à une jambe, Hugues y est donc allé à ma place. La rencontre était somme toute assez récente dans sa mémoire pour qu'il soit saisi par l'immense ressemblance entre vous deux.

Saint-Germain continuait de faire les cent pas dans la vaste chambre du vicomte. Il avait l'impression que ça l'aidait à mettre les pièces du casse-tête en place dans ce tableau plutôt compliqué.

— Vous dites que l'ambassadeur... Rappelez-moi son nom, je vous prie ?

— Vlad Balanesco Zidar.

— Ce monsieur Zidar m'a également reconnu, vous en êtes certain ?

— Oui, tout à fait. Hugues m'en a longuement parlé. Le regard qu'avait l'ambassadeur était on ne peut plus clair. Nous savons de source sûre qu'immédiatement après cette rencontre avec le roi, il a écrit à sa cousine, la femme de votre demi-frère, Lorantffy Susanna, pour lui rapporter ce qu'il venait de voir. Cette charmante dame voue un culte inconsidéré aux Hesse Wanfried qui, vous vous en doutez, sont les grands instigateurs de ce mariage. Lorantffy n'est qu'un pion leur permettant de gouverner. Cette femme ne prend jamais une décision sans leur en référer auparavant et le prince est amoureux fou de son épouse. Ils forment un vrai couple de pantins. L'équation était fort simple. Étant donné votre ressemblance troublante, toutes les suppositions étaient permises. L'emprise de cette dynastie est peut-être un peu moins forte qu'elle l'était à l'époque où le prince Gyorgy n'était encore qu'un enfant, mais elle est tout de même encore bien présente. Cette famille parvient toujours à diriger la Transylvanie, même si son pouvoir s'essouffle.

—Mais je ne comprends pas. Si j'avais voulu revendiquer le trône de Transylvanie, je l'aurais fait depuis longtemps. Je connais ma véritable identité depuis ma jeunesse. Cette volonté de me nuire est complètement absurde. Pourquoi cet acharnement après tant de décennies, justement ?

— Parce qu'avant votre arrivée à la cour de France, peu de choses prouvaient que vous existiez, monsieur ! s'écria le vieil homme en se redressant. Vous devez savoir que l'ambassadeur Balanesco Zidar fait partie d'une confrérie occulte, qui porte le nom d'ordre des Griffons. Cet ordre est à la solde de la famille Hesse Wanfried depuis des générations. Ils marchent main dans la main, servant chacun les ambitions de l'autre. Et ils ont, eux aussi, prêté serment de servir les intérêts de cette dynastie. Notre homme ne connaissait probablement pas les détails de votre histoire qui remonte à l'époque de son propre père, une chronique oubliée de tout le monde – il faut dire que bien peu de gens étaient au courant –, mais nous supposons qu'il ne fut pas long à en découvrir la trame grâce à sa cousine. Comprenez-moi bien, monsieur le comte, tant que vous êtes vivant, vous représentez une menace pour le trône, et donc pour les Hesse Wanfried. Nous pouvons également présumer qu'ils entretiennent toujours une certaine rancœur envers le nom de votre mère. Vous devez concevoir que les enjeux sont énormes. Les Hesse Wanfried ne vivent que pour le pouvoir. Rien ne doit jamais se trouver sur leur route. Ils élimineront sans hésiter tout ce qui pourrait leur nuire. Vous vivant, ils savent qu'ils peuvent être chassés de Transylvanie.

—Cela explique pourquoi mes ravisseurs cherchaient tant à me faire dire qui j'étais réellement durant ma séquestration…

—Oui, parce qu'à part cette incroyable ressemblance, il n'existe aucune preuve démontrant que vous êtes réellement le fils du prince François et d'Aude Bérengère. Les chevaliers François ont soigneusement fait disparaître cette partie de l'histoire, mais nous ne pouvions rien faire contre cette similarité qui allait devenir une preuve en soi. Il existe également une lettre dans laquelle le prince vous désigne comme son unique successeur au trône de Transylvanie. Cette preuve est notariée, signée devant témoins de haute qualité et scellée du sceau de François II Ràkoszi. C'est tout ce qui reste de votre passé. C'est tout ce qui fait de vous un prince.

Saint-Germain demeura un bon moment silencieux, perdu dans ses pensées. Le père et la fille respectèrent sa réflexion. Il avait tant de choses à assimiler. À l'extérieur, le ciel se faisait moins opaque, les ombres se déplaçaient. La lune éclairait les rues et quelques rayons filtraient entre les volets légèrement entrouverts.

Combien de secrets se révélaient ainsi derrière des portes et des persiennes fermées, lorsque la nuit en favorisait la divulgation ?

Saint-Germain s'avança vers le malade, qui avait enfin levé le voile sur toute cette étrange affaire. Avant de dire quoi que ce soit, il regarda Roxanne bien en face. Il savait qu'il allait la désappointer et cette pensée le consternait.

«On ne devrait jamais décevoir la beauté», se dit-il.

Mais à l'âge qui était le sien, après la route parcourue, toutes les voies qu'il avait empruntées, il savait où il souhaitait se diriger. Les chemins de traverse n'étaient pas pour lui. Sa route était tracée depuis longtemps et c'était lui seul qui en avait dessiné les plans.

— Monsieur de la Fressange, je vous suis reconnaissant pour tout ce que vous avez fait, vous et les autres chevaliers François. Vous êtes des êtres de bravoure, des gentilshommes comme il en existe peu, dans le vrai sens du terme. Mais j'ai le regret de vous dire que je ne désire pas être prince. Je ne veux pas du trône de Transylvanie. Je regrette profondément que votre fils soit mort en vain, et si j'avais été au courant de cette histoire avant, il serait encore à vos côtés. Je refuse que l'on perpétue cette tradition de confrérie. Si je dois me rendre auprès de mon demi-frère et de son horrible belle-famille pour que cesse cette histoire, je le ferai!

Le vicomte de la Fressange baissa un moment la tête. Saint-Germain ignorait si c'était de déception ou de regret pour son enfant. Roxanne, de son côté, se mit à pleurer. Elle fuyait maintenant le regard du comte qui en éprouva un pincement au cœur.

— Je comprends votre décision, monsieur, dit enfin le vicomte. Mais vous ne pourrez échapper à votre destin, si celui-ci vous mène sur le trône de Transylvanie. Bien malgré vous, bien malgré votre volonté.

Saint-Germain passa la main sur le rebord de son chapeau dont il s'apprêtait à se recoiffer.

—Je suis navré, monsieur de la Fressange. Je ne crois pas au hasard ni à la destinée. Nous sommes maîtres de notre vie, nous avons toujours le libre arbitre.

Le malade porta son verre à ses lèvres le temps d'une réflexion.

—Fort bien, monsieur. Si telle est votre volonté, nous la respecterons. Nous ne pouvons vous obliger à assumer ce rôle, mais qui sait, peut-être qu'avec le temps vous reconsidérerez ce destin qui est le vôtre. Vous ne croyez pas à la destinée, dites-vous, mais nous, oui. Et si vous êtes là, vivant, c'est pour une raison que vous refusez d'admettre pour le moment. Nous continuerons d'espérer votre retour sur le trône transylvanien. Je n'ai qu'un dernier conseil à formuler : méfiez-vous de l'ambassadeur, c'est un personnage insane. Il est décidé à vous tuer et il vous poursuivra sans relâche. Tant que vous êtes vivant, et même si vous refusez le trône qui vous revient de droit, il vous pourchassera. Il n'en restera pas là. Les Hesse Wanfried non plus, croyez-moi.

—Je prends bonne note de votre mise en garde, dit Saint-Germain en remerciant son hôte d'un léger mouvement des épaules.

—Alors au revoir, monsieur. Ce fut un honneur de vous rencontrer, dit le vicomte en effectuant un mouvement de la tête.

3

L'HOMME ERRAIT parmi les étals. C'était mercredi, et comme chaque semaine au marché public, les commerçants ambulants venaient s'installer tout au long de la rue des Boucheries du Temple. Beaucoup préféraient les Halles, plus grandes et plus fonctionnelles, mais l'habitude de s'installer dans certains quartiers de Paris demeurait pour de nombreux camelots. On y retrouvait des aiguiseurs de couteaux, des tisserands, des marchands de vaisselle, des vendeurs de vin et de bière, des grainiers, des drapiers, des mégissiers et quelques autres commerçants. L'ambiance était toujours agréable, c'était bien dans ces échanges entre les vendeurs et leurs clients que se déroulait l'essentiel de la vie sociale de ces gens.

Se promenant parmi les étals, Jacobin Rambour souriait aux femmes qu'il croisait et décochait des clins d'œil grivois aux plus jolies. Il se montrait racoleur et peut-être trop sûr de lui. Il fit le tour de quelques échoppes, discutant ici et là avec les détaillants, lorsque enfin il s'approcha d'un vendeur de cuir pour examiner avec intérêt ce qu'il avait à proposer. Il arrêta son choix sur une ceinture dont la boucle en étain lui faisait grandement envie.

—Il est combien ce ceinturon, dis-moi ?

—Un écu d'argent !

Jacobin haussa les sourcils.

—C'est du beau boulot, mais tu le vends un peu cher !

Le mégissier ne répondit rien. Il entendait ce genre de commentaire des dizaines de fois par jour, si bien qu'il avait depuis longtemps cessé son baratin sur le travail et les longues heures que nécessitait la fabrication de chaque objet. Si le client ne voulait pas payer le prix pour ses marchandises, il n'avait qu'à les reposer et aller voir ailleurs, tout simplement.

—C'est la première fois que je viens ici, je suis nouveau dans le quartier. Tu connais bien, toi ?

—Si j'connais ? J'vis ici, à deux pas. J'viens tous les mercredis avec mon étal, et tu penses bien que ça m'fait plaisir, car j'n'ai pas à aller bien loin, sinon on m'trouve aux Halles. Mais j'préfère être ici, là-bas y a trop de commerçants, la compétition est forte, on est obligé de baisser nos prix pour arriver à vendre.

—C'est sûr, je devrais peut-être aller acheter une ceinture là-bas… laissa tomber le marchandeur en fixant le vendeur.

Mais ce dernier ne sembla guère impressionné par cette menace. Il demeura muet, fixant son interlocuteur.

—C'est un bon quartier à ce qu'on raconte ? dit Jacobin pour changer de sujet lorsqu'il comprit qu'il n'arriverait à rien de cette façon et surtout parce qu'il ne souhaitait pas se mettre l'homme à dos.

Le marchand le regardait de biais et semblait se questionner sur le personnage qu'il voyait pour la première fois. Il reconnaissait les policiers à des kilomètres à la ronde. Celui-là n'en était pas un, pourtant il en avait les manières.

— Toi, t'es pas d'la police, lui lança-t-il sans hésiter plus longtemps. Mais j'vois bien que tu cherches à connaître des choses. Pose-moi ta question directement, j'déteste les hypocrites et encore plus les écornifleurs. Sinon fous le camp d'ici !

La stature de l'homme, qui soudain se dressait de toute sa hauteur, convainquit l'espion de jouer franc-jeu. Après tout, l'affaire ne serait pas difficile, puisqu'elle concernait quelques nobles, non les gens des bas quartiers, qui avaient plutôt tendance à se taire pour protéger leurs semblables. Mais les histoires entre bourgeois régalaient bien souvent les soirées à la taverne et les rigolades aux coins des rues. Jacobin soupçonnait qu'il n'aurait pas trop de mal à trouver ce qu'il cherchait à condition de se montrer amical et généreux.

— J'aime ton franc-parler...

— J'aime les paroles directes !

— D'accord...

Jacobin se pencha un peu vers l'homme, qui lui ne bougea pas d'un poil.

— Écoute, je suis à la recherche d'informations sur le meurtre qui a eu lieu juste à côté de chez le traiteur Huré. Un certain Hugues de la Fressange s'est fait tuer et un autre homme a reçu une balle en pleine poitrine.

— T'es quoi ?

— Disons que je mène une petite enquête pour le compte de quelqu'un qui aimerait bien en savoir plus sur ce qui s'est passé ce soir-là… Et tu comprendras que mon patron souhaite que son identité demeure secrète, sinon il serait venu en personne !

L'homme de main du duc de Choiseul afficha un petit rictus, en sortant de sa poche un écu qu'il fit passer d'une main à l'autre en fixant le bonhomme. Le commerçant, debout de l'autre côté de l'étal, acquies-çait aux propos de l'enquêteur. Le dialogue entre eux était en place. Ils se comprenaient.

— Quel genre d'informations tu veux ?

— Tu étais là ce soir-là ?

— Nan, je travaille tôt. À c't'heure-là, moi, j'dors…

— Ah, c'est dommage… Tu sais qui pourrait me renseigner ?

— Peut-être bien !

Le vendeur marqua une pause.

— Tu vois cette sacoche, elle est faite pour aller avec la ceinture, même cuir, même travail de finition. J'te la laisse pour cinq écus, en plus de la ceinture, bien évidemment.

Jacobin afficha un demi-sourire. C'était de bonne guerre. Les enjeux de cette partie étaient clairement identifiés. Il sortit de sa poche l'argent supplémentaire qu'il déposa devant le mégissier.

— La Bouvard, la dentellière de l'échoppe, là-bas, dit ce dernier en désignant du menton une vieille femme courbée, assise sur une chaise. Elle bouge jamais d'sa place. Si elle n'est pas devant chez elle, elle est à sa fenêtre, à cause de ses pauvres guiboles qui ne peuvent plus la porter. Elle connaît tout le monde et sait tout c'qui s'passe dans la rue et dans l'quartier. La vieille Bouvard a toujours vécu ici, c'est elle que tu dois voir.

L'espion du vice-roi saisit ses achats, puis remercia le vendeur d'un signe de la tête avant de prendre la direction indiquée. Le commerçant le regarda s'éloigner en faisant glisser les sous dans sa poche, un large sourire aux lèvres.

—La journée sera bonne, je le sens !

Il venait à peine de partir qu'un autre commerçant approcha de sa table.

—Il voulait quoi, lui ? Pas du quartier...

—Nan... Il s'intéresse à c'jeune bourgeois qui s'est fait tirer dessus, t'sais, devant chez Huré. Il dit loger ici, mais ça, j'y crois pas... Il a pas la tête !

—Je l'connais pas, jamais vu dans le coin, faut dire que j'l'ai pas bien détaillé, y ressemble à quoi ?

—Il a... heu, attends... J'me rappelle plus, quelconque...

Le mégissier réalisa alors qu'il était incapable de se souvenir à quoi ressemblait celui qui venait de le questionner il y avait tout juste deux minutes. Ni la couleur de ses yeux ni même la forme de son visage ! Il haussa les épaules en se disant que ça n'avait aucune importance. Il changea de sujet en se lançant dans une conversation sur le prix du foin qui allait encore augmenter.

Jacobin salua courtoisement la femme que l'on surnommait la Bouvard. Il prit un col de dentelle qu'il examina avec attention. La vieille, presque entièrement pliée en deux, tourna légèrement la tête sur le côté. Elle lui sourit, découvrant ainsi toute la splendeur de sa bouche gâtée. Un bien triste tableau que cette pauvre femme qui avait passé sa vie à fabriquer de la dentelle.

— Elle s'rait drôlement jolie, vot'dame, avec c'col-là…

— Oui, si j'avais une dame, ce col serait effectivement joli sur elle, lui répondit Jacobin en souriant.

— Ah, vous préférez peut-être les garçons.

L'espion éclata de rire.

— Non, non, j'aime les femmes, mais disons que je n'ai guère de succès auprès d'elles…

— Pourtant, vous avez pas un vilain visage… La chance, ça s'provoque, mon bon monsieur! C'est quoi votre nom?

— Lesieur, Gaspard Lesieur, pour vous servir, gente dame, mentit avec assurance celui qui travaillait pour le duc de Choiseul, tout en saluant avec grâce.

Le vice-roi n'était pas très apprécié par les gens du peuple. Il valait donc mieux taire tous rapports avec cet homme.

— Les dames ne sont pas des sauvagesses, enchaîna la dentellière, elles veulent juste qu'on les aime avec passion, elles n'aiment pas la tiédeur, si vous voyez c'que j'veux dire, elles s'y ennuient. La passion, monsieur, la passion, y a rien de mieux!

— Vous semblez en connaître un rayon, en tout cas…

— Avant d'avoir l'air de c'que j'ai l'air, j'étais une femme, moi aussi… et un brin jolie, en plus!

— Mais je n'en doute pas, chère dame, dit le jeune en souriant, ce qui eut pour effet de rendre la vieille toute guillerette. Dites-moi, madame Bouvard, ce n'est pas un hasard si je viens vous trouver, bien que vos charmes seuls fussent suffisants.

Elle éclata de rire et Jacobin reprit son boniment.

—Je suis nouveau dans le quartier et on dit que vous savez tout ce qui se passe ici et même ailleurs, que vous êtes une référence. C'est bien vrai?

La femme fit une drôle de grimace impossible à déchiffrer, comme si on venait de la pincer.

—Ah, voilà donc la raison de tout ce baratin. Je m'demandais bien quel était vot'intérêt pour mes dentelles, si vous n'avez pas d'femme, et mon charme légendaire, vous en conviendrez, est quelque peu fané... conclut-elle en riant.

L'homme lui sourit à son tour. La drôlesse était des plus sympathiques. Il sentait bien que malgré son grand âge, elle n'avait rien perdu de sa vivacité d'esprit et qu'elle saisissait parfaitement de quoi il retournait.

—T'es un joli garçon, bien qu'un peu banal, et je n'peux résister à un homme. Allez, dis-moi c'que tu veux savoir...

«Décidément, j'ai beaucoup de chance aujourd'hui. Si les choses pouvaient toujours se dérouler comme ça!» pensa-t-il.

—Vous étiez présente lorsque ce jeune vicomte s'est fait tirer dessus, vous savez, à la sortie de chez le traiteur Huré, juste ici?

—Nan, j'étais d'jà dans ma paillasse. Qu'est-ce tu crois, à mon âge, en pleine nuit et avec l'temps qu'il faisait, j'étais bien au chaud, j'passe pas ma vie dehors!

—Oui, bien sûr... soupira l'espion, visiblement déçu.

La vieille se demanda un instant s'il montrait son dépit pour l'attendrir et la forcer ainsi à en dire plus. Car il y avait plus. Ce n'était pas pour rien qu'on disait d'elle qu'elle savait tout. De toute évidence, s'il était venu la trouver, c'est qu'il était au courant, lui aussi.

« Le coquin… Ah, si j'étais plus jeune, celui-là, il me plaît bien, tiens, je l'aurais emballé comme un paquet de lessive ! »

— Mais si tu m'portes jusqu'à mon lit, je te montrerai quelque chose, lui dit-elle en dévoilant les quelques chicots qui lui restaient dans la bouche.

Jacobin eut une légère hésitation qui n'échappa pas à la Bouvard, ce qui l'amusa beaucoup.

— J'te mangerai pas, j'te l'promets, si c'est c'qui t'fait hésiter… Et d'ailleurs, c'est peut-être moi qui devrais craindre tes intentions. Qui m'dit que tu ne vas pas en profiter pour t'en prendre à ma vertu !

— Je vous donne ma parole de gentilhomme, madame, je me montrerai galant, répondit enfin l'homme de main du vice-roi.

— Bon, très bien ! Qu'attends-tu alors ?

Il souleva le corps chétif et la femme en profita pour passer ses bras décharnés autour de son cou.

— Ça fait bien longtemps qu'on n'm'a pas prise comme ça ! dit-elle, le sourire aux lèvres.

— Et vos dentelles, dehors, vous n'avez pas peur qu'on vous les vole ?

— Personne ne touchera à mes effets, ne crains rien… Voilà, c'est ici, indiqua-t-elle.

Il s'arrêta une seconde pour laisser le temps à ses yeux de s'habituer à l'obscurité des lieux. L'odeur qui flottait dans la maison le prit aussitôt d'assaut. C'était indescriptible : un mélange de moisissure, de rance, d'oignons, d'urine et de crasse. Il se força à respirer par la bouche. S'il ne lui avait été indispensable de découvrir ce que voulait lui montrer la vieille, il aurait quitté les lieux sur-le-champ.

« Mais comment peut-on vivre dans de telles conditions ? Quelle horreur ! », songea-t-il.

— Là ! lui dit la femme en montrant la paillasse complètement défraîchie qui lui servait de lit.

Jacobin la déposa délicatement, tout en retenant un haut-le-cœur. À côté du lit se trouvait un pot de chambre dans lequel macéraient les besoins de la dentellière. Une quantité incroyable de mouches s'éleva à leur approche. Il plissa le nez, le cœur au bord des lèvres. La tête lui tournait.

La pièce n'était pas grande et ne comportait presque rien. Une chaise, un lit, une petite armoire et, au mur, un tableau représentant une jeune femme.

— C'est moi lorsque j'étais petiote. J'avais tout juste dix-sept ans, dit-elle en désignant la toile.

Jacobin s'en approcha et l'examina avec intérêt. La fille, pleine de fraîcheur, souriait, le visage encadré d'une incroyable chevelure blonde. Sa poitrine ferme débordait de sa chemise de lin brut. Une jolie fille, pas une beauté, mais jolie. De celles que l'on croque un été, conclut-il.

— Tu vois, je n'ai pas toujours été ce que je suis... fit la vieille dame, visiblement fière de posséder ce précieux témoin d'un passé depuis longtemps révolu.

— Vous étiez belle.

— Je t'aurais plu ? lui demanda-t-elle d'un air coquin.

Jacobin acquiesça de la tête.

— Oui, certainement.

La femme sourit.

— Viens, dit-elle en tapant de sa main sur le lit pour qu'il s'approche d'elle. Ne crains rien, j'te veux pas d'mal.

Hésitant, il prit place à ses côtés. Il éprouvait une telle envie de vomir qu'il se demanda s'il allait tenir longtemps.

— Regarde, dit-elle en lui désignant sa fenêtre.

L'espion suivit la direction que montrait le doigt tordu de la dentellière, pour découvrir que sa chambrette donnait précisément sur le trottoir en face de chez Huré, le traiteur.

— J't'ai dit que j'étais dans ma paillasse, mais j'n'ai jamais dit que j'dormais. Tu sais, à mon âge, si le sommeil s'fait rare, c'est pour l'on revive le plus longuement possible les moments importants de notre vie, parce que la fin est proche. J'étais assise ici, dit-elle en désignant le pot de chambre, lorsque j'ai entendu tous ces joyeux lurons sortir d'chez Huré. Je m'suis alors relevée pour voir combien ils étaient et s'ils n'allaient pas foutre la pagaille. Ils semblaient bien s'amuser. Je riais d'les voir perdre l'équilibre, c'était tellement drôle, on aurait dit qu'ils dansaient. Si j'n'avais pas fait pipi avant, j'aurais fait dans mes bas, à coup sûr! Mais le bal s'est vite arrêté quand un homme, sorti d'nulle part, a fait feu sur un des fêtards. La panique a aussitôt gagné les gens qui s'affolaient dans tous les sens, lorsqu'un deuxième coup d'feu a retenti.

— C'est insensé, cette histoire! Et vous savez qui a tiré?

— C'te question ! Ben non, hein ! Y a des limites à c'que j'peux savoir, quand même !

— Oui, bien entendu… Dites-moi, madame Bouvard, avez-vous entendu quelque chose ?

— Comme quoi ?

— L'homme en question, l'assassin, a-t-il dit quelque chose avant de tirer, ou alors après ?

— Mmm, mmm… voyez-vous ça ! C'est ça que tu cherches à savoir, hein ? Je m'demandais bien c'que tu tentais de découvrir, car c'partie-là de l'histoire est connue de tout l'monde maintenant. Elle a fait l'tour de Paris. Oui, l'tireur a crié quelque chose, une phrase qu'il a clamée haut et fort pour qu'on l'entende bien, à mon avis. Je m'en souviendrai toujours, car elle était vraiment étonnante. On n'entend pas ce genre de discours, dans le quartier j'veux dire ! Il a dit : « Vive le prince, mort au bâtard ! »

— Surprenant, effectivement. C'est à se demander à qui était destinée cette déclaration. En avez-vous une petite idée ?

— Nan, aucune. J'connaissais pas les hommes qui sortaient de c't'endroit. Une chose est sûre, c'est qu'ils étaient pas du coin, c'étaient des bourgeois. À voir leur mise, ils avaient des moyens ! J'ai appris après que celui qui avait été tué était un jeune, le vicomte Hugues de la Fressange. C'est bien triste de mourir si jeunot ! Et l'autre, le second qui s'est fait tirer dessus, eh ben, il a failli y passer, lui aussi. Une balle dans l'cœur, y paraît, comme si ça s'pouvait ! C't'un monsieur, celui-là ! Un comte ! Un certain Saint-Germain. Mais c'est tout ce que j'ai pu apprendre. Huré attire

beaucoup de gentilshommes, j'sais pas c'qu'y fricotent
là-dedans, ils ne s'mêlent pas à nous, tu penses bien !

— Non, deux mondes qui ne se rencontrent jamais,
ça, madame…

— Comme tu dis !

— Vous rappelez-vous si le meurtrier a dit autre
chose ?

— Oui, jeune homme ! Il a hurlé une autre phrase,
mais dans une langue étrangère.

— C'est important, madame Bouvard. Je dois savoir
ce qu'il a dit et dans quelle langue il a prononcé ces
mots. Le savez-vous ?

La vieille se lécha plusieurs fois les lèvres, tout en
plissant les yeux.

— Pourquoi c'est si important qu'tu saches ça, toi ?
J't'ai amené ici, chez moi, j't'ai montré c'que tu voulais
voir, car j'pensais qu't'étais juste curieux comme beaucoup d'autres depuis c't'affaire, mais là j'm'interroge
sur c'que tu cherches vraiment ! Dis-moi donc, mon
garçon, qui t'es réellement et c'que tu cherches, sinon
je n'réponds plus à tes questions et tu sors d'chez moi !

Jacobin s'en voulut. Il avait été trop rapide, trop
confiant envers cette femme qui semblait sans malice.
Mais la vieille était rusée et il ne doutait plus maintenant qu'elle devait s'interroger sur son compte depuis
l'instant où il l'avait abordée. Il avait agi comme un
débutant, trop sûr de lui dès le début. Cette constata-
tion le fâcha. À présent la femme pouvait, si elle le
voulait, le mener par le bout du nez avant de lui donner ce qu'il espérait. Il ne conduisait plus la danse,
mais l'avait-il seulement déjà menée ?

— Je vais être franc avec vous.

— T'as tout intérêt, mon garçon !

— Voilà, je travaille pour quelqu'un qui s'intéresse de près à ce qui s'est passé ici, annonça-t-il en accompagnant ses dires d'un mouvement de la tête pour désigner la cour extérieure. Mais il ne s'agit pas de la police, je vous rassure tout de suite. Cette personne tient à ce que je taise son identité, mais il est important pour elle que je découvre certaines choses.

— Et dis-moi donc c'qu'elle veut savoir au juste ?

L'espion du duc de Choiseul hésita une seconde avant de répondre. Il regarda la femme ; une lueur venait d'animer son regard.

— Mon client veut connaître la langue dans laquelle le tueur s'est exprimé.

La vieille dentellière écarquilla les yeux.

— Tiens ! Et pourquoi c'te question ?

— Je l'ignore. Je suis ici uniquement pour découvrir cette information, on ne me tient pas au courant, voyez-vous.

La femme le regardait du coin de l'œil. Elle se questionnait, c'était évident. Devait-elle le croire ?

— Va vider mon pot d'chambre dans l'caniveau, dit-elle avec autorité.

Jacobin demeura interdit pendant quelques secondes. Il n'en croyait pas ses oreilles.

— Pardon ?

— T'as très bien compris. Tu veux ta réponse, et moi j'veux que c'pot sorte d'ma chambre, ça empeste ici... C'est juste comme procédé, non ? C'est comme qui dirait donnant donnant !

Le jeune eut un haut-le-cœur à la pensée de ce que la Bouvard lui demandait de faire. Il se leva pour aller prendre le seau et sortit de la pièce. Il marchait lentement, de crainte qu'une seule goutte ne l'éclabousse. Lorsqu'il revint dans la chambre, il avait le teint blafard. Il n'était pas obligé de se plier à toute cette mascarade ; il aurait pu fournir n'importe quelle réponse au duc de Choiseul, ce n'était certes pas lui qui viendrait vérifier, mais autre chose motivait l'intérêt de Jacobin pour les événements. De plus, il valait mieux mener l'enquête comme il se devait, car il n'était pas le seul espion à travailler pour le vice-roi. Rien ne garantissait qu'il n'était pas lui-même suivi. Choiseul ne faisait confiance à personne et il avait ses raisons de se méfier.

—Ah, merci, mon gars…

—N'y a-t-il personne pour s'occuper de vous ?

—Nan, personne ! Il m'arrive souvent d'jeter ça par la fenêtre d'ma chambre, mais après l'odeur est pire. Alors, si on m'offre gentiment de le faire, je n'vois pas pourquoi j'dirais non ! répondit la Bouvard en découvrant encore une fois ses chicots.

—Très bien… Vous disiez que c'était donnant donnant, je vous écoute donc, madame. Dans quelle langue s'est exprimé le tueur ?

La vieille dentellière émit un petit rire, comme si elle se moquait d'avance de ce qu'elle allait lui révéler, en imaginant certainement la tête qu'allait faire son visiteur.

—J'en sais fichtrement rien moi ! Comment veux-tu qu'je l'sache ! s'écria-t-elle en éclatant de rire. Personne dans l'quartier n'est au courant, sinon ça se saurait. Le bougre pouvait bien parler la langue qu'il voulait, on y connaît rien, nous autres !

L'espion du vice-roi la dévisageait, les yeux ronds comme des billes, traversés de stupéfaction. Il n'en revenait pas d'avoir été ainsi berné. La Bouvard riait de plus belle en voyant l'effarement transformer le visage du jeune homme. Profondément vexé, il quitta la pièce sans rien dire, tandis que dans son dos, il distinguait les paroles de la Bouvard qui lui criait de revenir entre deux éclats de rire. Elle entendit la porte claquer. Jacobin n'avait jamais été aussi humilié de sa vie et ce n'était pas dans son caractère de laisser passer un tel outrage.

Le corps de la dentellière fut découvert trois jours plus tard, alors que certains de ses voisins s'étaient inquiétés de ne pas la voir sur le pas de sa porte avec ses cols de dentelle. On en conclut qu'elle était morte durant son sommeil. Personne ne fit attention aux quelques morceaux de verre cassé qui se trouvaient sur le sol. Si un praticien s'était questionné davantage devant le décès de la dame Bouvard, il aurait vite compris qu'elle avait été empoisonnée. Mais qui se souciait d'une dame âgée qui vivait seule ? Après tout, que la mort l'eût fauchée durant son sommeil était une chance. On pensa que c'était bien normal à son âge.

Le duc de Choiseul ouvrit le rapport que venait de lui remettre son homme de main. Il fronça les sourcils en lisant les quelques lignes de la conclusion de son enquête.

Le tueur qui avait fait feu par deux fois, un premier tir en direction du comte de Saint-Germain et le second ayant atteint mortellement le vicomte Hugues de la Fressange, s'était, selon les quelques témoins rencontrés, exprimé en portugais. Le témoignage principal venait d'une vieille femme qui vivait en face du traiteur Huré, rue des Boucheries du Temple. Il lut dans le rapport que la dame, décédée durant son sommeil, aurait certifié à Jacobin qu'il s'agissait bien de cette langue, que son défunt mari parlait couramment. Elle n'avait donc eu aucun problème à la reconnaître.

Le vice-roi referma le dossier, visiblement intrigué.

— Du portugais ?

Il se leva et fit quelques pas dans son cabinet de travail, pour revenir aussitôt à son bureau.

— Du portugais ? Mais quel lien le comte de Saint-Germain peut-il avoir avec le roi Joseph du Portugal ? À moins que ce ne soit avec le marquis de Pombal ? Je dois impérativement en parler au roi. Il se trame des choses beaucoup plus vastes que je ne l'imaginais… Le Portugal ? Je n'aurais jamais cru…

Cette affirmation titillait Choiseul, mais Jacobin était le meilleur. Il parvenait chaque fois à trouver les informations qu'il cherchait, et surtout, elles étaient toujours exactes. S'il attestait que c'était bien en portugais que le tueur s'était écrié, le vice-roi ne pouvait que croire son homme de main sur parole. Jamais il ne lui avait fait défaut, le duc avait une confiance aveugle en lui.

4

L E RENDEZ-VOUS avait été fixé au célèbre restaurant
Procope, situé rue de la Comédie, où l'on servait
entre autres du café, boisson très prisée des bourgeois.
L'établissement à la façade peinte en noir et couverte
de grandes fenêtres à carreaux invitait les passants à
pousser la porte. Déjà, la renommée de la place n'était
plus à faire, et en cet été de 1758, l'endroit était fré-
quenté par la noblesse de Paris et par la bourgeoisie
qui cherchait tant à lui ressembler.

Un homme élégamment vêtu y fit son entrée,
attirant les regards, principalement ceux des femmes.
Une grande distinction se dégageait de lui. Le gentleman avait un magnétisme naturel. Ce n'était certes pas
grâce à sa beauté, qu'il avait ordinaire avec un nez
aquilin et des yeux cernés, de couleur noisette. Non,
cela tenait plutôt à son attitude. Une certaine noblesse
accompagnait chacun de ses gestes, fluides et gracieux.
Il était grand, de belle stature et se déplaçait avec une
canne. Ses intimes savaient qu'elle ne servait pas seulement à le soulager d'une douleur qu'il ressentait
parfois à la jambe droite, mais qu'elle cachait également un stylet. L'aristocrate savait se défendre, et se

montrait particulièrement prévoyant durant ses déplacements et au cours de ses nombreux voyages. Il connaissait le monde et le côté sombre de l'homme, et il ne détestait pas en découdre avec les petits brigands, affirmant, non sans rire, que cela le gardait en forme !

Le pommeau de la canne, de forme ovale, était en or massif. Lorsqu'on y regardait de plus près, on pouvait voir un dessin gravé sur la prise. Cette esquisse somme toute très simple représentait un triangle dont le sommet était surmonté d'une croix.

Le gentleman prit place sur une des banquettes de cuir rouge, un peu en retrait afin de ne pas être dérangé. Le serveur s'approcha pour l'accueillir avec courtoisie. L'homme lui rendit son salut d'un léger signe de tête et commanda un verre d'absinthe. Il déplia alors la gazette parisienne qu'il venait d'acheter, mais une ombre se glissa entre lui et les mots. Pensant qu'il s'agissait certainement de celle du serveur, il le remercia sans relever la tête.

—Mais je vous en prie, monsieur le comte de Cagliostro !

Un sourire se dessina sur ses lèvres lorsqu'il reconnut la voix.

—Cher comte de Saint-Germain, s'exclama-t-il. Je vous attendais… Vous êtes toujours si ponctuel !

—Ne prononcez pas mon nom, mon ami, je vous le demande. Appelez-moi Robert de Villiers, dit l'arrivant en se penchant vers l'homme qui lui tendait la main.

Cagliostro ne put s'empêcher d'éclater de rire en contemplant celui avec qui il avait rendez-vous.

—Mon Dieu, monsieur… de Villiers, mais qu'est-ce que c'est que cela ? Vous vous rendez au carnaval de Venise ? La modestie de cette mise ne vous ressemble guère !

—Ceci, très cher, c'est mon laissez-passer pour circuler librement dans Paris, répondit le comte de Saint-Germain dans un murmure, tout en prenant place à table. Et vous saurez qu'il m'arrive très souvent de me promener en simple citoyen, justement pour pouvoir circuler incognito… Vous devriez essayer !

Henri-Philippe vit alors le serveur venir vers eux.

—Un café, jeune homme !

Le garçon repartit aussitôt.

—Je suis navré de me présenter à vous sous un déguisement, poursuivit-il en reportant toute son attention vers l'aristocrate italien, mais vous comprendrez que je n'ai pas vraiment le choix, puisque je n'ai pas que des amis à Paris, comme vous le savez. Je me fais très discret depuis quelque temps…

—Oui, bien sûr. Pardonnez ma discourtoisie. Pendant un instant, j'en avais oublié les horreurs que vous avez vécues.

Les deux hommes se turent de nouveau, tandis que le serveur revenait avec les consommations. Ils attendirent qu'il se soit éloigné avant de reprendre leur conversation.

—Je ne vous poserai donc point de questions sur votre vie actuelle. Évitons cela. Nous savons tous que vous avez quitté Paris pour un ailleurs dont je ne chercherai pas à deviner l'emplacement, rassurez-vous. Je n'ai pas ce travers, que beaucoup trop de gens possèdent, de chercher sans cesse à connaître les détails de la vie des autres. Laissons de côté les politesses et allons droit au but, si vous le voulez bien.

— Cela me convient tout à fait. J'aime lorsqu'on peut se dire les choses franchement, sans chercher à contourner le sujet qui nous brûle les lèvres. J'apprécie la franchise tout autant que la vérité que je trouve toujours si fascinante.

— Pourtant, mon ami, je vous sais des plus exercés pour éviter de répondre aux questions qui vous ennuient. Vous les éludez avec tout le savoir-faire d'un avocat! Peut-on dire alors que vous contournez la vérité?

Saint-Germain regardait son vis-à-vis avec un intérêt teinté d'amusement. Cagliostro avait la réputation d'être un homme adroit. Il parvenait toujours à obtenir ce qu'il désirait et il manipulait habilement les esprits non avertis. C'était un beau parleur, il connaissait les mots et savait en jouer.

— Oui, certes, il m'arrive d'éviter de répondre à certaines questions. Peut-être parce que nous savons tous les deux qu'il y a des vérités déroutantes, voire impossibles à expliquer. Esquiver une réponse n'est qu'un moyen de ne pas mettre l'autre dans l'embarras! Ce n'est pas parce que je contourne la vérité, comme vous le dites si joliment, que je cherche à la taire. Je choisis simplement de ne pas répondre, voilà tout!

— Bien évidemment, ce n'est pas moi qui vais vous contredire sur ce qui doit être dit et sur ce qu'il est préférable d'occulter! ajouta l'aventurier, en esquissant son sourire méditerranéen.

— Nous savons tous les deux que la vérité n'est pas pour tout le monde, dit encore le comte de Saint-

Germain après avoir avalé une gorgée du liquide noir, chaud et sucré que contenait sa tasse en porcelaine. L'autre ne répondit rien, attendant une suite qu'il devinait plus personnelle.

—Vous et moi connaissons certaines lois, certains secrets réservés à quelques initiés. Les mystères de ce monde ne sont pas pour les esprits faibles. Si je vous ai donné rendez-vous ici aujourd'hui, c'est parce que je sais que vous possédez vous-même des connaissances rares. Je sais que je ne m'avancerai pas trop en affirmant que vous effectuez des recherches sur un sujet qui me passionne également.

Cagliostro jouait avec le pied de son verre, soudain plus attentif, quoique légèrement inquiet.

—Des recherches? répéta l'homme sur un ton qui se voulait sceptique. Je ne vois pas de quoi vous parlez, cher comte!

—Voyons, mon ami, mon frère – Saint-Germain insista sur ce mot –, ne jouez pas à l'innocent avec moi. Dois-je vraiment vous préciser de quel sujet il s'agit? Le souhaitez-vous réellement, mettant ainsi en doute mon esprit d'analyse et de déduction, mon intuition? Le salut passe par la reconnaissance, mon ami.

L'Italien eut un léger mouvement de la tête, comme s'il était à la fois surpris et amusé par les propos de son compagnon. Il hésita un instant, prit son verre d'absinthe, y trempa les lèvres.

—Vous tenez là un langage bien hermétique…

—Je parle la langue des initiés et vous en connaissez la clef.

L'aristocrate sondait Saint-Germain. Il cherchait à savoir si l'homme ne jouait pas un double jeu. La montée des *Domini canes* se faisait grandissante dans les milieux aristocratiques. La chose n'était pas encore répandue, mais elle gagnait du terrain ces derniers temps. Valait mieux être sur ses gardes. Mais le regard du comte était franc, et pouvait-on douter de cet homme et de sa réputation ? Et puis, c'était un frère. Il ne pouvait y avoir de traîtres dans la franc-maçonnerie !

— Soit ! Je procède, effectivement, à quelques expériences depuis un certain temps... Je suppose qu'il est inutile que je vous demande comment vous savez cela, bien sûr.

Saint-Germain se contenta de sourire.

— Je peux simplement vous répondre, dit-il, que je sais repérer un maître lorsque j'en vois un. Nous sommes si peu nombreux et il y a des signes qui ne trompent pas, affirma-t-il en désignant le pommeau de la canne de celui qui se trouvait devant lui. La qualité de cet or est exceptionnelle, voire unique. On ne le retrouve pas dans de vulgaires sous-sols, encore moins en paillettes dans nos cours d'eau.

Cagliostro passa doucement sa main sur le bouton de sa canne, un sourire rêveur se dessinant sur ses lèvres.

— Vous en reconnaissez la qualité au simple coup d'œil ?

— N'oubliez pas, très cher, que je suis négociant en or depuis ma prime jeunesse.

L'autre garda le silence pendant de longues secondes, examinant avec attention son étrange interlocuteur au passé si flou, si singulier. Il savait que le comte n'était pas de ceux dont on se jouait, encore moins avec qui l'on pouvait biaiser. Saint-Germain était un maître, tout comme lui d'ailleurs. Ils parlaient le même langage, avaient les mêmes rêves.

—Oui, bien sûr, vous êtes négociant en or, j'oubliais ce détail, mais je me rends compte que votre réputation d'alchimiste est, elle aussi, bien réelle.

Saint-Germain afficha un petit sourire.

—Tout comme la vôtre ! Mais les réputations, vous savez... il faut s'en méfier, elles n'expriment qu'un seul aspect de la vérité. L'or me séduit, tout autant que vous. Et, ajouterais-je, comme les dirigeants de ce monde ou encore ce pauvre hère qui mendie au coin de la rue là-bas. L'or est un langage que tout le monde connaît, c'est le verbe de l'universalité, un idiome que tout le monde emploie. Il fascine depuis toujours. Peut-être est-ce à cause de sa ressemblance avec le soleil, allez savoir !

—Et vous aimez le soleil, monsieur le comte ?

—Je viens de l'Inde, le soleil a forgé la culture de mon pays. Sans son aura, la vie se meurt. J'ai besoin de lui. J'y puise ma force.

Les passants défilaient devant le restaurant, les uns absorbés par leurs préoccupations, les autres en promenade. L'heure du rendez-vous avait été fixée au moment où l'établissement était le moins occupé, donc presque vide.

—Fort bien. Je comprends mieux maintenant ce lien qui semble nous unir. Mais que voulez-vous savoir, monsieur de Saint-Germain ? Quel est l'objet de cette rencontre ?

—Ah, voilà l'unique question qui doit être posée ! s'écria le noble, souriant toujours. Je veux savoir où vous en êtes dans vos recherches, répondit Henri-Philippe sans plus attendre.

L'homme ne cacha pas son étonnement.

—Rien que ça! Et d'où vous est venue l'idée que je serais prêt à vous confier ce que je tais à tout le monde?

—Parce que je crois que nous aurions beaucoup à gagner à partager nos études, à nous entraider.

Cagliostro haussa les sourcils, une nouvelle fois étonné par les réponses du comte.

—Nous entraider? Mais qui vous dit que j'ai besoin d'aide?

—Moi!

—Pardon?

Saint-Germain se pencha vers lui pour lui dire à voix basse:

—Votre or n'est pas aussi pur que vous le souhaitez, monsieur, et vous ignorez totalement comment remédier à ce problème. Je peux même vous dire, simplement à le voir, que sa concentration en cuivre est beaucoup trop élevée. Vous devez tout au plus obtenir du dix-huit carats. Je me trompe?

Sans attendre de réponse, il enchaîna:

—Vous ne parvenez pas à atteindre les vingt-quatre carats. Qui plus est, votre or est sujet au ternissement. Il s'oxyde au contact de la peau!

Cette fois, Alessandro Cagliostro afficha une mine effarée. La surprise se lisant parfaitement sur son visage amusa le comte qui éclata de rire. Il adorait confondre ainsi les gens, il s'en régalait chaque fois.

—Et comment savez-vous ces choses? dit Cagliostro, soudain sur la défensive.

Saint-Germain avait raison, et il le savait.

—Je le vois à la couleur. Votre or concentre trop de teintes rosées, beaucoup trop.

Muet, Cagliostro n'en croyait pas ses oreilles. Mais d'où pouvait bien sortir cet homme ?

—La fabrication de l'or est un art unique dont quelques rares initiés peuvent partager l'intimité. Et vous en êtes, je le sais. Je l'ai su la première fois que je vous ai rencontré, chez la marquise de la Rochefoucault. J'ignore par contre – et je ne cherche pas à le savoir, soyez rassuré – qui vous a instruit de ces secrets, mais vous y touchez et pas seulement du bout des doigts. Vous connaissez la matière et ses humeurs, vous connaissez les clés de ses labyrinthes si peu fréquentés par le commun des mortels. Je me demande cependant quels sont les dédales que vous avez parcourus, car le Grand Œuvre n'est pas seulement affaire de transmutation des métaux, mais de vie également. Certains sont attirés par le pouvoir de l'un et d'autres, par le phantasme du second… L'éternité est un beau rêve et j'en connais qui l'espèrent. Mais ne me dites rien, je ne veux point percer vos secrets, monsieur. Ce que je veux que vous compreniez, c'est que nous pourrions nous entraider si vous y consentiez ! J'ai quelques difficultés moi aussi avec la qualité. Pourtant, je me penche sur cette quête depuis bien des décennies maintenant. Et je vous avouerai, en toute sincérité, que le voile sur ces mystères est levé.

—Qu'est-ce qui vous fait croire que je vais accepter votre offre ? demanda l'homme en réajustant sa posture afin de se donner plus de prestance.

—Parce que vous tournez en rond, monsieur, tout comme moi. J'ai beau reprendre mes expériences, j'arrive toujours aux mêmes résultats. Je crois que nous aurions tout à gagner à mettre nos recherches en commun, à travailler ensemble… Et puis, ajouta-t-il, un brin moqueur, ne sommes-nous pas frères ?

Cette fois, Cagliostro éclata de rire, visiblement aussi amusé qu'impressionné par celui qui se trouvait en face de lui.

—Vous êtes tout à fait unique, le savez-vous ?

Le comte lui répondit en levant sa tasse de café, devenue tiède.

—On me le dit !

Il savait qu'il avait parfaitement raison en affirmant que l'or de Cagliostro était de mauvaise qualité. Saint-Germain ne parvenait pas encore à comprendre pourquoi, mais il savait que la solution se cachait dans un détail. C'était bien là tout le secret de l'alchimie. Il avait beau essayer et refaire l'expérience, il avait beau tester, rééquilibrer, reformuler et transmuter de nouveau, son or n'atteignait pas la pureté escomptée. Et il ne voyait pas où se glissait l'erreur.

—Acceptez-vous mon offre, monsieur de Cagliostro ?

Conscient du caractère exceptionnel de la proposition du comte, l'Italien opina de la tête, tandis que Saint-Germain se levait déjà.

—Je ne peux m'éterniser au même endroit. Mais je suis heureux de savoir que nous allons œuvrer ensemble, vers ce même but qui nous anime. Je reprendrai contact avec vous dans les semaines qui viennent. Passez une excellente fin de journée, Alessandro !

Le comte tendit la main à son vis-à-vis qui la serra avec une franche et nouvelle amitié. Saint-Germain paya et quitta les lieux pour se fondre aux passants, qui profitaient des chauds rayons du soleil de l'été.

Un peu trop sûr de lui et de son déguisement, Henri-Philippe ne remarqua pas l'inconnu qui traversa la rue de la Comédie pour le suivre à distance. Il se faufilait parmi les passants, rythmant son pas à celui de l'alchimiste.

Le comte de Saint-Germain se glissa dans l'ouverture d'une porte cochère qui lui offrait une vue imprenable sur l'une des maisons du quai des Théatins. La nuit commençait à tomber et il apercevait les lumières du premier étage, où l'on commençait à allumer les lampes. Un domestique sortit par les doubles portes de l'hôtel particulier de la marquise de la Rochefoucault. Il leva les cales qui retenaient les deux lourds battants en bois pour les refermer l'un après l'autre. On verrouillait à double tour, ce qui donna à croire à celui qui se cachait dans l'ombre que la femme ne recevrait pas ce soir-là et qu'elle ne prévoyait pas non plus sortir. Il savait que cela n'était pas dans ses habitudes. Était-elle souffrante ? Il devait s'en assurer.

Il dut se retenir de courir frapper de ses deux poings contre ces portes pour se faire annoncer auprès de sa maîtresse, mais il devait refréner son ardeur. Elle ne devait pas savoir qu'il se trouvait à Paris, c'était mieux ainsi. Pour lui comme pour elle. Il craignait, depuis la tentative d'assassinat sur sa personne, que celui qui cherchait à l'atteindre s'en prenne à cette femme. Ce serait un si bon moyen de parvenir jusqu'à lui. Il était arrivé, jusque-là, à limiter les rumeurs sur leur relation, justement pour la protéger. S'il n'avait été question de ce fou qui cherchait à lui nuire, il aurait depuis longtemps demandé à la marquise de vivre à ses côtés, tout en lui laissant toute la liberté qu'elle souhaitait. Il aimait Jeanne de la Rochefoucault. Il baissa la tête, soudain envahi de solitude, de mélancolie. Il connaissait cette impression amère, il l'avait si souvent ressentie au cours de sa vie. Henri-Philippe enfonça ses mains dans le paletot de drap vulgaire, sans artifices, dénué des détails qui laissent habituellement deviner le statut social de son porteur, et qui lui servait de tenue de camouflage. Il décida de rentrer à son auberge. Il était inutile de demeurer là. Il se renseignerait d'une façon détournée sur l'état de santé de celle qu'il chérissait.

Marchant du pas lent de celui qui erre dans la nuit, Saint-Germain se perdait dans ses pensées. Il faisait le point sur sa vie, comme cela lui arrivait si souvent depuis quelque temps. Il songeait à son arrivée en France et aux événements survenus depuis qu'il avait rencontré le roi. Henri-Philippe s'en voulait de ne pas avoir pris la décision de repartir dès l'instant où il avait rencontré la marquise. Il avait su, en croisant son regard pour la première fois, qu'il allait en tomber amoureux. C'était si prévisible.

Ses pensées l'absorbaient totalement, au point qu'il en oublia le chemin qu'il parcourait. Soudain, il fut saisi d'une impression. Il se retourna par deux fois pour scruter les alentours, arrêtant son regard aux renfoncements, là où les ombres de la nuit cachent bien souvent les travers des hommes. Il tendit l'oreille, mais ne capta ni ne remarqua rien d'anormal. Généralement, son instinct ne le trompait pas. Le comte fit un tour sur lui-même, aux aguets. À moins de trente pas de lui, derrière une colonne de pierre, se tenait caché le même individu qui le suivait déjà l'après-midi même, alors qu'il se trouvait avec Cagliostro au café Procope.

L'aristocrate sentait bien une différence dans l'air. Tous ses sens étaient en alerte. Il avait la certitude d'être suivi, et se demanda pour quelle raison et par qui. Si cette personne était la même qui avait par deux fois tenté de l'assassiner, pourquoi n'essayait-elle rien ce soir, alors que l'endroit était désert ? Il n'y avait qu'eux dans la rue.

— Qui va là ? Montrez-vous, qui que vous soyez ! hurla-t-il, déchirant ainsi la nuit.

Mais le silence se referma sur ses paroles. Il scruta une nouvelle fois les environs, puis tourna les talons et se remit à marcher, sans se presser, mais sur ses gardes, prêt à réagir. Il emprunta la rue des Saints-Pères avant de regagner son auberge rue de Verneuil. Il aurait pu attendre son poursuivant au détour d'une ruelle, d'un coupe-gorge, mais il se refusa à employer les mêmes méthodes que son ravisseur. Saint-Germain agissait toujours de face. Si celui qui le suivait s'était montré à lui, le comte n'aurait eu aucun mal à l'affronter, il savait très bien se défendre, mais il était hors de question de l'attendre et de le prendre par surprise. Et puis, rien n'indiquait qu'il fût réellement suivi, peut-être son imagination lui jouait-elle des tours.

Mais dans le cas contraire, il allait devoir modifier sa méthode et trouver une autre façon de circuler dans Paris. Dans un premier temps, il allait devoir changer d'auberge et de déguisement.

« On sait que je me trouve à Paris, mais comment diable cela est-il possible ? Personne n'est au courant à part Roxanne de la Fressange, son père le vicomte, Agopian, le curé de l'église Saint-Eustache et... le roi ! Je suis certain de leur fidélité. Comment cela se peut-il ? »

Lorsque Saint-Germain poussa la porte de l'auberge, il remarqua une ombre qui tentait de se dissimuler dans l'entrée d'une maison. Mais était-ce bien une silhouette ? Il n'aurait pu le jurer.

5

ELLE AVAIT CONVENU de se rendre au même endroit qu'à leur première rencontre, soit dans la crypte de l'église Saint-Eustache, à seize heures. Lorsqu'elle entra dans le lieu consacré, elle constata qu'il était désert, comme la dernière fois qu'elle y était venue. La jeune femme descendit le déambulatoire jusqu'à la chapelle de la Vierge, où elle s'arrêta un moment. Arrivée en avance, elle souhaitait voir venir le comte avant de descendre dans le caveau. Mais il ne se montrait pas. Peut-être l'attendait-il déjà en bas. Roxanne entreprit de se rendre à la crypte. Le site l'impressionnait moins maintenant qu'elle le connaissait. Sans hésiter, elle se dirigea vers le lieu de rendez-vous. En entrant, elle découvrit que des chandelles étaient allumées.

C'est alors qu'elle entendit un drôle de bruit, comme celui de deux pierres que l'on frotte l'une contre l'autre. En se retournant vers le côté d'où provenait le son, elle vit le comte apparaître devant elle.

—Voici donc le mystère de votre arrivée soudaine à notre premier rendez-vous ! fit-elle en découvrant le passage secret qui menait aux sous-sols de la ville.

—Je dois avouer que je ne suis guère surpris de vous voir ici. Vous êtes réellement une femme très décidée, Roxanne, de celles qui dirigent leur vie… Il faut dire que vous êtes chevalier François.

—Ainsi, vous connaissez les entrailles de Paris, ses raccourcis et ses passages oubliés ! Cela ne m'étonne pas, dit-elle.

Saint-Germain comprenait le double sens des affirmations de la jeune femme. Il ne répondit rien, se contentant de l'observer. Il y avait un je-ne-sais-quoi de fascinant chez elle. À la lueur des chandelles, sa sensualité n'en était que plus captivante.

Mais bien qu'elle possédât une très grande assurance pour son âge, Saint-Germain devinait chez elle une certaine hésitation. Il comprenait l'effet qu'il lui faisait.

—Prince Ràkoszi…

Henri-Philippe leva aussitôt la main.

—Non, Roxanne, non ! Je vous en prie, pas ça. Je ne suis pas le prince que vous souhaitez que je sois et je ne le serai jamais… Et j'espère, chère enfant, que vous ne m'avez pas convié ici dans l'espoir de me faire revenir sur ma décision. Ce serait peine perdue et vous m'en verriez profondément déçu.

La jeune noble eut un mouvement nerveux. Ses yeux trahissaient son trouble, ce qui confirma au comte qu'il avait vu juste.

« Pour quelle autre raison t'aurait-elle demandé de la rejoindre, après tout ? Ce que tu peux être naïf ! Elle cherche à te séduire pour te faire fléchir, pauvre sot que tu es ! »

Il la salua avec respect.

—Mademoiselle de la Fressange, je crois deviner que vous aviez quelque attente en m'incitant à vous rejoindre ici. Il me chagrine de vous décevoir, mais je ne peux rien pour vous. Je vous fais donc mes adieux, Roxanne. Ce fut un bonheur de croiser votre route, mais je crois que nous n'avons rien d'autre à nous dire.

Il allait repasser la porte dérobée lorsqu'il sentit une main lui saisir le bras.

—Non, attendez… Ne partez pas, Henri-Philippe, je vous en prie…

Le comte se retourna pour lui faire face, tout en retenant un soupir de contrariété. Roxanne se tenait tout près de lui, trop près pour une femme de son rang. Il pouvait sentir son souffle chaud qui semblait s'accélérer. Ils s'observèrent un instant. Henri-Philippe percevait bien toute l'attirance qu'elle éprouvait pour lui, mais il ne prévit pas ce qui allait se produire. Dans un élan de passion, d'abandon, elle plaqua ses lèvres sur les siennes. Saint-Germain en demeura une seconde surpris, ne sachant que faire. Mais la fougue qu'elle mit dans ce baiser et la sensualité qui se dégageait de son corps tout entier se pressant contre le sien eurent vite fait de lui faire oublier ses hésitations. Il lui enserra la taille pour la coller contre lui, l'embrassant à son tour avec autant de ferveur que de désir, puis il relâcha soudain son étreinte avant de s'écarter doucement.

Il la dévisagea en silence. Elle attendait quelque chose de lui, il le comprenait, le devinait, mais il ne pouvait le lui offrir.

—Merci pour ce délicieux baiser, Roxanne, ce fut un bonheur, mais nous en resterons là… dit-il simplement pour éviter toute confusion.

La jeune noble plissa le front, visiblement déçue, et le comte comprit qu'il venait de la blesser. Il ne pouvait en être autrement. Repousser un être qui vous désire ne peut que le heurter.

—Comprenez-moi, très chère Roxanne, ce n'est pas que vous n'êtes pas désirable, bien au contraire. Un simple effleurement de votre main pourrait faire damner n'importe quelle âme, mais je pourrais être votre père... Et même si cette réalité ne vous effraie pas, moi, elle me met en garde. Il m'est impossible de répondre à vos attentes... je...

—Et bien entendu, il y a la marquise de la Rochefoucault...

—Oui. C'est exact, la marquise est ma maîtresse et je l'estime énormément, mais voyez-vous, il n'est point question de cela. Je ne me sens pas le droit de vous toucher, mademoiselle. Je ne peux rien vous apporter et encore moins vous promettre quoi que ce soit. Souhaitez-vous m'avoir pour amant en sachant que jamais nous ne nous afficherons ensemble, que jamais je ne vous épouserai, que jamais vous ne me posséderez totalement ? Est-ce ce que vous souhaitez réellement, Roxanne ? Vous êtes si jeune, si belle, regardez ailleurs, vers la jeunesse... Moi, je ne peux que vous offrir des déceptions.

La jeune femme pencha la tête de dépit, et comme si elle réalisait soudain ce qu'elle venait de faire, elle recula d'un pas.

—Veuillez me pardonner, monsieur le comte. Je suis sincèrement navrée si je vous ai choqué par mon geste irréfléchi...

Henri-Philippe afficha alors un léger sourire. Elle était si tendre, si désirable, il aurait pu la cueillir sans un mot, sans une promesse, mais le comte n'était pas ce genre d'homme. Il allait lui répondre quand il s'arrêta soudain. L'une des lourdes portes de l'entrée du transept sud venait de se refermer bruyamment. Sans attendre, il fit signe à la jeune femme de rester où elle était et remonta l'escalier qui menait au chœur. Roxanne demeura seule un moment, ne sachant que faire. Elle fixait l'endroit par où le comte venait de partir lorsqu'elle le vit réapparaître, le visage soucieux.

Il lui intima le silence en plaçant son index sur sa bouche, puis lui prit le bras pour l'inviter à le suivre dans le passage secret. Il se pencha vers elle et murmura:

— Entrez là-dedans, Roxanne. Je dois quitter rapidement les lieux et il est hors de question que je vous laisse seule ici. Veuillez me suivre. Il ne vous arrivera rien, je vous en fais la promesse.

Obéissante, la jeune Fressange s'engouffra dans l'étroit passage. Saint-Germain la suivait de près. Il saisit la torche qu'il avait laissée là en arrivant, puis ferma la porte. Devant eux, un couloir exigu creusé à même le sol se perdait dans les ténèbres. La demoiselle hésita, mais le comte lui prit la main avec douceur.

— Venez, vous êtes en sécurité, je connais l'endroit.

— Je ne crains rien, lui répondit-elle, vous êtes là.

Il ne répondit pas.

— Qu'avez-vous vu là-haut pour nous faire partir si vite? Et pourquoi m'emmener avec vous?

— On me suit depuis un moment. En haut, il y avait un homme agenouillé. Il faisait semblant de prier en jetant constamment des coups d'œil autour de lui. Je suis prêt à parier qu'il tentait de me localiser. Il n'avait rien d'un repentant, si vous voulez mon avis. Croyez-moi, je reconnais de loin les gens inamicaux. Je ne pouvais courir le risque de vous laisser partir seule. Votre sortie de la crypte lui aurait indiqué que je me trouvais toujours en bas. Je n'ose penser à ce qu'il aurait fait en découvrant que je ne n'y étais plus. Je ne tiens pas à mettre votre vie en danger, Roxanne, votre frère a déjà lourdement payé son tribut.

— Il savait ce qu'il faisait.

— Mais moi, je l'ignorais ! Si cela avait été le cas, je vous jure que je l'aurais assommé dans un coin plutôt que de le laisser sortir de chez le traiteur ! Jamais je n'accepterai ce geste, qui me hantera jusqu'à la mort. Voilà pourquoi votre sécurité m'importe beaucoup, mademoiselle.

Elle referma ses doigts autour de la main de Saint-Germain, en la serrant très fort. Roxanne se sentait privilégiée de se tenir auprès de lui, malgré les circonstances. Elle n'osait lui avouer qu'elle était aussi troublée qu'effrayée par toute cette histoire. Le suivre dans ces lieux ignorés par la plupart des gens lui procurait une excitation qu'elle n'avait même jamais osé imaginer. Elle ressentait cela depuis l'instant où elle lui avait demandé de la rejoindre dans la crypte, comme une promesse de grande aventure, sa grande aventure à elle, comme peu de femmes pouvaient en vivre.

Lorsque Saint-Germain avait quitté sa demeure deux jours plus tôt, après cette incroyable rencontre avec le vicomte de la Fressange, elle lui avait remis un billet dans lequel elle lui fixait ce rendez-vous. Elle ignorait ce qui l'avait poussée à commettre ce geste, elle avait suivi cette pulsion sans réfléchir, et cela, peu importe les conséquences qui en découleraient, peu importe son rang. Roxanne voulait vivre sa vie comme une aventurière.

Elle le suivit donc, non parce qu'elle avait peur de l'inconnu que le comte avait cru apercevoir dans l'église, mais plutôt parce qu'elle succombait complètement au charme de ce prince sans trône ni ambition. Le comte la séduisait par ce qu'il était, par ce qu'il dégageait et pour cette force de caractère qui émanait de tout son être, sa présence teintait sa vie d'exotisme. Rien, en sa compagnie, ne devait être banal.

Ils descendirent l'équivalent d'un palier avant de se retrouver à la jonction des ouvertures de trois tunnels partant dans des directions opposées.

Saint-Germain se dirigea vers la droite pour emprunter la galerie. Au mur, sa compagne pouvait lire l'inscription de la rue qu'ils devaient suivre : rue de la Grande-Truanderie.

— Où allons-nous ?

— Chez un ami, rue des Blancs-Manteaux, à une quinzaine de minutes de marche d'ici. Nous allons suivre ces passages jusqu'à la rue de la Cossonnerie, puis emprunter quelques couloirs pour rattraper la rue du Temple. De là, une voiture vous ramènera chez vous. Vous y serez en moins d'une heure.

Elle s'arrêta.

— Qu'avez-vous, mademoiselle ?

— Croyez-vous que j'aie peur ? lança-t-elle en le dardant, un air de défi dans les yeux.

Le comte n'osa pas rire devant la bravoure dont faisait démonstration la jeune femme. Après tout, elle était chevalier. Mais il se demanda, le temps d'une pensée, si elle s'était déjà battue, si elle avait déjà ressenti le danger, la mort même. Avait-elle même subi une quelconque ecchymose ? Non, bien sûr, la jeune Roxanne de la Fressange ne connaissait pas les sueurs froides qu'insuffle la peur lorsqu'elle vous frôle de près. Il faut l'éprouver, cette anxiété, l'avoir vécue pour savoir qu'il faut toujours craindre l'inconnu. Que cette crainte est celle qui pousse à se défendre et à se battre. Tous les chevaliers la connaissent. Mais la vicomtesse vivait cette histoire comme un conte qu'on lui narrait depuis qu'elle était enfant, et bien que son frère fût mort, elle n'avait aucune idée de la sensation d'être poursuivi par quelqu'un qui cherche à vous tuer. Cette aventure lui offrait une histoire romanesque teintée d'originalité.

— Vous devriez peut-être, vous savez. La frayeur est souvent bonne conseillère !

— Est-ce ainsi que se terminera notre histoire ? demanda-t-elle en changeant de sujet.

— Je ne comprends pas… De quelle histoire parlez-vous ? dit Saint-Germain en jetant des coups d'œil par-dessus son épaule.

« Ce n'est ni le lieu ni le moment pour bavarder… », pensait-il, inquiet de voir surgir à tout instant celui qu'il avait aperçu dans l'église. Il n'en avait aucune certitude, mais Henri-Philippe pressentait que l'homme était là pour lui. Et il ne croyait pas être le seul à connaître ces passages souterrains.

— Nous, monsieur !

Le comte s'étonna du commentaire de la jeune femme et devint soudain plus songeur. Il avait deviné l'attrait qu'il exerçait sur Roxanne depuis l'instant où elle lui avait ouvert la porte de chez elle. Il avait vu dans ses yeux bleus cette flamme qu'il avait allumée bien malgré lui, mais il n'avait jamais songé à ce «nous», puisqu'il n'existait pas, si ce n'est dans l'imaginaire de la vicomtesse.

Saint-Germain aimait les femmes. Il avait eu quantité d'aventures au cours de sa vie, mais il n'était pas attiré par les jeunes, bien que leur corps exultât la sensualité. Il préférait de loin les dames, qui étaient devenues des femmes, comme il aimait le dire. La jeune Roxanne avait les charmes nécessaires pour faire succomber tout homme, même lui, mais il préférait s'abstenir de goûter à son miel.

—Mademoiselle de la Fressange, je ne peux répondre à vos attentes. Je vois bien que vous êtes désappointée, et pour rien au monde je ne souhaite vous décevoir, mais je ne peux rien vous offrir, comme je vous l'ai dit il y a un moment dans la crypte. Vous m'avez fait comprendre tout à l'heure que vous saviez que la marquise était dans ma vie et je crois vous avoir confirmé que vous aviez raison. J'aime Jeanne avec passion. Mais vous… Vous êtes si belle, Roxanne, que tout homme sensé se damnerait pour vous séduire… ou simplement pour vous tenir dans ses bras.

—Mais pas vous!

—Non, pas moi. Vous m'en voyez peiné.

Roxanne baissa la tête, terriblement déçue de voir son aventure se terminer avant même d'avoir débuté. Elle voulait de tout son être faire partie de la vie de cet homme. Elle voulait lui appartenir, ne serait-ce qu'un moment.

Henri-Philippe passa sa main avec douceur sur la joue de la jeune femme.

—Je suis vraiment attristé du chagrin que je vous cause. Mais ne pouvons-nous poursuivre cette conversation ailleurs? Demeurer ici n'est pas prudent. Partons, nous en parlerons en lieu sûr.

Au même moment, un glissement se fit entendre, tout proche. Saint-Germain eut tout juste le temps de noyer sa torche dans le canal où s'écoulaient les eaux usées de la ville, de pousser la jeune vicomtesse dans ce qui semblait être un renfoncement et de s'y cacher lui aussi en se plaquant contre elle. À quelques mètres d'eux, un homme drapé de noir apparut. Il fit quelques pas vers le couloir du milieu pour revenir à son point de départ, examinant, soucieux, les trois directions qui s'offraient à lui. Il ignorait par où était passée sa cible, et n'ayant rien pour s'éclairer, il ne pouvait poursuivre plus loin. La trop faible lueur qui régnait dans les lieux ne lui était d'aucune utilité. Il pestait d'avoir perdu sa trace. Il allait d'une embouchure à l'autre, mais il était évident qu'il ne savait laquelle choisir. Il jura avant de reprendre le chemin de la crypte. Saint-Germain avait la main plaquée sur la bouche de la jeune femme, retenant lui-même sa respiration. L'homme avait été si près d'eux, il était étonné, mais soulagé, de n'avoir pas été découvert. L'obscurité avait été leur meilleur refuge. Roxanne, si peu soucieuse du danger qui pouvait leur tomber dessus à tout instant, sentait tout le corps de l'aristocrate contre le sien et savourait cet instant, dût-il être le dernier!

Henri-Philippe la fixait intensément. Elle percevait l'inquiétude qui animait son regard, mais elle était consciente également du désir qu'il avait pour elle.

— Attendons quelques instants encore, lui chuchotat-il en approchant ses lèvres de son oreille, tout en retirant lentement sa main de sa bouche.

La promiscuité qu'il partageait à cet instant avec la jeune femme, dans cette niche à peine plus profonde qu'un placard à balais, lui soufflait l'envie de se laisser aller et de profiter du moment. Une légère fragrance sucrée captait l'attention du comte, comme une douce odeur de caramel. Roxanne ressentait, elle, le profond désir de le séduire. Elle ne souhaitait plus que répondre à cette pulsion qui lui animait les sens. Lentement, elle déboutonna la veste du comte pour glisser sa main entre le tissu de soie du manteau et sa chemise. Elle sentit tout son corps se raidir. Elle percevait sa chaleur et les battements de son cœur qui s'accéléraient soudain. Elle s'étonnait de sa propre audace, ce qui l'excitait d'autant plus. Henri-Philippe continuait de la fixer. Son regard noir devenait plus intense encore, quelque chose de charnel traversa ses pupilles. La demoiselle approcha un peu plus son visage du sien, leurs lèvres se touchaient presque, et leurs respirations demeurèrent suspendues... Saint-Germain laissa Roxanne effleurer sa bouche tout en se maudissant de ne pouvoir repousser cette gamine d'à peine dix-neuf ans. Il peinait à retenir la passion qu'il sentait monter dans son ventre.

— Ne faites pas ça, Roxanne, je vous en prie... souffla-t-il avec désespoir, sachant qu'il était sur le point de succomber.

Il recula de deux pas, préférant affronter celui qui cherchait à le tuer plutôt que de faiblir devant les charmes de la vicomtesse. Son poursuivant lui semblait soudain moins dangereux que le blanc des bras de la pucelle. Elle le regardait, hésitante, incertaine, la tristesse dans le regard, ne comprenant pas sa réaction. Ne saisissant pas à quel point il se battait contre lui-même pour ne pas céder à la tentation.

—Je ne peux pas, lui dit-il à voix basse. Roxanne, je vous en supplie... répéta-t-il.

—Je vous ai menti tout à l'heure, monsieur le comte. Je ne regrette aucunement ce baiser que je vous ai volé... Et je me moque de ces années qui nous séparent, comme je me fiche de ces promesses que vous ne pouvez me faire. Je ne veux pas devenir votre femme, je veux vous appartenir, ici et maintenant...

—Vous êtes si jeune, pauvre enfant, vous ne savez pas de quoi vous parlez. Partons, je crois qu'il n'y a plus de danger. Nous pouvons sortir de cet endroit... Allons, Roxanne, soyez raisonnable... Il me tarde de quitter ces lieux, dit-il en lui prenant la main pour qu'elle le suive, mais la jeune femme se dégagea doucement.

Saint-Germain fit quelques pas prudents hors de leur cachette. Lorsqu'il se retourna, la vicomtesse se tenait près de lui. Son regard était décidé, et tout dans son attitude trahissait ses intentions.

Roxanne franchit la distance qui la séparait de lui en défaisant les lacets de son corset. Il avait plusieurs fois tenté de la repousser, mais il n'en demeurait pas moins un homme qui aimait les femmes avec passion.

Et la promesse d'une nouvelle ivresse se trouvait à deux pas de lui. Henri-Philippe la regardait faire, il savait qu'il allait succomber, qu'il était trop tard. Elle avait gagné. Il cédait à sa chair de porcelaine et à sa beauté. Se laissant maintenant conquérir par son désir, il ne souhaitait plus qu'une chose : posséder Roxanne en échange d'une éternité en enfer ! Lentement, le comte fit glisser sa main dans le dos de la jeune femme pour tirer sur le cordon qui retenait le bustier de sa robe de taffetas. Sans rien dire, il l'entraîna plus loin dans la profondeur obscure des labyrinthes jusqu'au renfoncement qu'il avait repéré plus tôt, en arrivant. L'obscurité était totale, mais les mains du comte connaissaient parfaitement le corps d'une femme. Il la prit contre le mur poisseux de cet endroit oublié sous les rues de Paris, plaquant sa main sur la bouche de son amante pour réduire au silence les halètements qu'elle poussait. Le comte regrettait de ne pas la voir en pleine lumière ; elle devait être magnifique dans la jouissance. Il sentit un liquide chaud courir le long de sa cuisse ; la vicomtesse venait de lui offrir sa virginité, là, dans les sous-sols crasseux des égouts de la capitale. Il l'embrassa avec plus de passion. Saint-Germain ne vit pas son sourire lumineux, mais Roxanne de la Fressange savourait avec bonheur cet instant unique. Elle en avait rêvé dès qu'elle avait vu Henri-Philippe. Il ne serait jamais à elle, elle le savait, mais cette parenthèse lui appartenait en totalité, et le souvenir de cette première fois l'habiterait à tout jamais.

Sans rien dire, ils sortirent de l'endroit où ils avaient trouvé refuge. Saint-Germain ralluma sa torche. La jeune femme rajusta sa mise. Sa robe de taffetas gris perle était maintenant tachée et sale, mais elle semblait peu s'en soucier. Elle replaça son corsage, puis d'une main experte ajusta son corset et en serra les lacets. Elle lissa quelques mèches de ses cheveux avant de les enrouler et de les faire tenir à l'aide de ses barrettes en or, l'air ravi. Sans miroir et sans aide, elle redevint aussi lumineuse qu'avant sa descente dans les catacombes.

« C'est là toute la beauté de sa jeunesse… », songea Saint-Germain en la regardant faire.

Roxanne semblait heureuse. Il lui prit la main.

— Regrettez-vous ce qui vient de se passer ?

— Jamais je n'aurai de regret, monsieur. Jamais.

Le comte ne savait que dire. Il se sentait maintenant lié à cette jeune vicomtesse. Il avait tenté de la repousser, mais son entêtement l'avait fait flancher.

— Allons, venez, nous devons quitter les lieux… Nous n'avons été que trop imprudents !

La Fressange ferma les yeux un court instant. Elle comprenait le double sens de sa phrase et ne put retenir un sourire. Elle serra la main du comte, prête à le suivre là où il l'emmènerait.

Durant le trajet vers la rue des Blancs-Manteaux où se trouvait la librairie d'Agopian, Roxanne ne remarqua rien du chemin qu'ils empruntaient, ni la saleté des lieux et encore moins les odeurs des caniveaux. Elle était ailleurs, tournée vers ses réflexions et les sentiments qui l'habitaient ; elle savourait le moment. Le comte l'avait repoussée à plusieurs reprises, et même si son orgueil en avait été touché, elle avait su le séduire pour qu'il réponde enfin à son désir. Il l'avait aimée là, au cœur de cet endroit sans lumière, sous terre, dans un lieu appartenant à la légende. Elle lui en serait à jamais reconnaissante, elle qui avait toujours conçu sa première fois uniquement dans la passion. La jeune femme ne rêvait pas d'un prince, même si le comte en était un, elle cherchait l'exaltation. Elle voulait découvrir ce que vivaient les aventuriers. Elle voulait sentir les pulsions de la vie battre dans ses tempes. Roxanne savait que le comte n'était pas pour elle, que jamais il ne partagerait ses jours, mais il avait été à elle un moment.

Ils franchirent un petit pont en fer forgé abîmé et rouillé avant de monter une volée de marches qui aboutissait à une porte. Saint-Germain l'ouvrit lentement, regarda dans une salle et invita la vicomtesse à le suivre.

— Vous voilà enfin en sécurité, dit-il en refermant l'accès derrière eux avant de le verrouiller.

— Où sommes-nous ?

— Dans la cave d'une librairie tenue par un bon ami.

Il la regardait bien en face.

— Roxanne, je ne sais que dire… Je suis navré de ce qui vient de se passer, je n'aurais jamais dû…

— Ne dites rien, monsieur, dit-elle en posant son index sur les lèvres de celui qui avait été son amant le temps d'un soupir. Je vous en prie… toutes paroles viendraient gâcher ce qui fut merveilleux, quoi que vous en pensiez. Croyez-moi, je ne regrette rien.

— Vous dites cela aujourd'hui, mais lorsque vous aurez repris vos esprits, vous me détesterez… Je ne suis pas fait pour vous, ma vie est trop compliquée…

— Je ne vous demande rien, monsieur le comte.

—Et... je suis vieux !

—Mais cessez avec votre âge ! s'écria-t-elle en riant.

Ses joues étaient rosées et son regard, pourtant si clair, avait pris une teinte particulière qu'il n'avait pas auparavant.

—Non, détrompez-vous, cela importe beaucoup. La vieillesse ennuie la jeunesse. Vous ne connaissez rien de moi, si ce n'est quelques rumeurs qui circulent et cette histoire de trône de Transylvanie. Vous ne voyez pas qui je suis réellement. Vous me croyez aventurier, je le sais, mais Roxanne, je ne recherche pourtant que la quiétude.

Il baissa la tête avant d'ajouter :

—Il est temps pour vous de rentrer chez votre père qui doit se faire bien du souci. Votre absence est trop longue pour cet homme qui vient de perdre son fils bien-aimé.

—Vous ne m'aimez donc point un peu, pour me chasser aussi rapidement de votre vie ?

—Oh, oui, Roxanne, je vous aime. C'est certainement pour cela que je vous renvoie chez vous. Oui, je vous aime, au point de vous protéger de vous comme de moi. Je n'ai rien à vous offrir, je vous l'ai dit, si ce n'est ma solitude. Profitez de la vie avec ceux qui vous méritent ! Vivez votre jeunesse et aimez avec passion, et vous serez heureuse, mademoiselle de la Fressange. Oubliez cette affaire de trône, de chevaliers François, de promesse à un prince qu'a connu votre grand-père, elles ne sont pas pour vous. Tout cela appartient au passé. Vous, vous êtes l'avenir, et je n'en fais pas partie.

À la porte de la librairie, il s'approcha d'elle pour déposer un dernier baiser sur ses lèvres, tandis que la noble retenait ses larmes. Un attelage de location attendait la jeune femme pour la ramener chez elle. Elle y grimpa.

Saint-Germain referma la portière de la voiture qui déjà s'éloignait avec, à son bord, la vicomtesse de la Fressange qui retournait auprès de son père. Il regarda le carrosse jusqu'à ce qu'il eût tourné à l'angle d'une rue. Il entra dans la boutique du vieux libraire, qui se tenait assis sur un escabeau.

—Elles tombent toutes amoureuses de vous !

Le comte ne répondit rien.

—Vous en avez de la chance... Même lorsque j'étais jeune, moi, les femmes ne me regardaient pas !

—Il y en a tout de même une qui vous a regardé, puisqu'elle a accepté de vous épouser.

—Ah, vous croyez... Peut-être bien, peut-être bien... marmonna le vieux en se levant pour disparaître dans l'arrière-boutique.

Henri-Philippe poussa un profond soupir. Pendant un instant, il se revit en Inde, à cette période, si lointaine maintenant, où sa vie était cadencée par le rythme des saisons.

—Idiot que tu es ! murmura-t-il pour lui-même.

DEUXIÈME PARTIE

Europe, été 1758
Après la mort de Jeanne de la Rochefoucault

6

L E ROI DE FRANCE relut la missive qu'il venait de recevoir. Son regard se perdit au loin, à travers une des fenêtres qui donnaient sur une cour intérieure de son palais, mais il ne voyait rien de l'architecture, rien du soleil radieux ni du ciel d'un bleu particulièrement pur. Des larmes perlaient aux coins de ses yeux, qu'il essuya d'un mouchoir de batiste, avant de fermer les paupières quelques secondes.

Que Sa Majesté me pardonne l'annonce que je suis sur le point de lui faire, mais il est de mon devoir de l'instruire d'une fort triste nouvelle. J'ai l'immense regret de vous apprendre que madame Jeanne de la Rochefoucault, marquise d'Urfé, est décédée, au château de Chambord. La marquise a trouvé la mort après avoir absorbé un poison...

—Jeanne, ma chère et tendre amie... Comment cela est-il possible? Quel malheur! C'est horrible... vous...

Le monarque passa la main sur ses yeux. Sa vue se brouillait. L'annonce était aussi subite que douloureuse.

Jamais le monarque n'aurait imaginé en recevant ce pli que l'une des femmes pour qui il avait le plus de respect, qui plus est l'une des plus belles du royaume, serait morte dans de telles circonstances. On n'imagine jamais que la beauté a une fin.

Vous trouverez en annexe le rapport détaillé des événements entourant ce funeste accident.

On cogna deux petits coups à la porte. Il savait qui souhaitait ainsi se faire annoncer, puisqu'ils avaient rendez-vous. La porte s'ouvrit juste assez grand pour laisser passer la maîtresse du roi, la marquise de Pompadour. Resplendissante et lumineuse dans sa robe de satin rose, elle contrastait étrangement avec l'immense tristesse du monarque. Elle s'approcha de lui avant de faire une révérence. Dès son entrée dans la pièce, elle sut que quelque chose n'allait pas, mais elle devait attendre que le roi lui fasse part de l'objet de son affliction.

— Ma mie, je suis si heureux de vous voir, dit-il en lui prenant les mains pour les baiser. Votre présence adoucira la douleur que j'éprouve. Je viens d'apprendre une horrible nouvelle, madame. Mais asseyez-vous avant que je ne vous dise de quoi il s'agit, car elle vous touchera également.

La voix du souverain se brisa. Madame de Pompadour s'installa sur le canapé, tandis que le roi prenait place à ses côtés.

— De quoi s'agit-il, mon tendre ami? Vous semblez si soucieux, si affecté.

—Je le suis, ma mie, je le suis... Un événement horrible vient de se produire, on vient de me prévenir... Jeanne-Antoinette, dit le roi, appelant ainsi sa maîtresse par son prénom, ce qu'il faisait rarement si ce n'est dans l'intimité, notre amie, la marquise de la Rochefoucault, vient de mourir.

—Que me racontez-vous là ? s'écria la femme en blêmissant. Comment cela se peut-il ?

Elle sortit un mouchoir finement tissé, décoré de dentelle. Sa main tremblait.

Le roi ne répondit pas tout de suite. Il attira la femme contre son épaule afin de la consoler, appréciant lui-même cet instant de réconfort. Son regard si pétillant se teintait maintenant de tristesse et des larmes se remirent à rouler sur ses joues.

— Un accident, selon le rapport que j'ai entre les mains. Elle est morte des suites d'un empoisonnement.

— Un empoisonnement ? Mais enfin... expliquez-moi.

—Il semble que la marquise ait bu quelque chose qu'elle croyait être un médicament. Il n'est point nécessaire que vous connaissiez les détails, ma mie, mais sachez qu'il s'agit là d'une stupide erreur.

—Une erreur ? Mais comment ? s'écria la favorite en oubliant à qui elle s'adressait.

Le roi ne lui en tint pas rigueur, il comprenait la réaction de sa maîtresse, et puis il n'y avait qu'eux dans la pièce.

—Madame de la Rochefoucault pensait boire une panacée élaborée par le comte de Saint-Germain lui-même.

La maîtresse du roi se redressa.

—Mais pourquoi diable ne l'a-t-il pas arrêtée?

—Parce qu'il n'était pas présent quand cela s'est produit.

—Pourquoi a-t-elle fait cela? Que croyait-elle boire exactement?

—Selon le rapport du capitaine Pierre Diotte de Prévost, la marquise pensait que le comte fabriquait un élixir contre le vieillissement. Elle s'est introduite dans son laboratoire en pleine nuit pour lui voler une ampoule, croyant qu'elle renfermait l'élixir tant convoité, mais il s'agissait en réalité d'un concentré de teinture mère de noyaux de cerise sur lequel notre ami travaillait. Cette alcoolature contenait du cyanure de potassium. Le cyanure, comme vous le savez, est un poison mortel. Elle n'a eu aucune chance.

Le visage de la femme se décomposait au fur et à mesure que le roi lui fournissait des explications.

—Quelle horreur, mon Dieu! A-t-elle souffert?

—D'après le capitaine, la mort n'a pas été instantanée. La marquise a commencé par ressentir des engourdissements, des palpitations et d'horribles crampes d'estomac. Elle s'est éteinte dans les bras de Saint-Germain quelques instants après avoir été découverte. Mais il est impossible de savoir depuis combien de temps elle avait avalé le contenu de la fiole au moment où ils l'ont retrouvée.

Le roi et sa maîtresse demeurèrent un moment silencieux, chacun perdu dans ses pensées à tenter d'assimiler la nouvelle, si déconcertante. La marquise de Pompadour pleurait en silence cette femme qui avait toujours été si bonne avec elle et pour qui elle avait un immense respect. La marquise de la Rochefoucault n'avait jamais fait sentir à la favorite du roi la jalousie que d'autres éprouvaient.

—Madame, je sais que ce n'est nullement le moment, mais j'ai besoin de vos lumières. Si les gens apprennent que la marquise est morte à Chambord, cela soulèvera des questions. Je ne tiens pas à ce que l'on apprenne que le comte de Saint-Germain y séjourne, ni qu'il y procède à des expériences.

La marquise de Pompadour fixa le monarque quelques secondes. Elle savait, elle comprenait, malgré l'horreur de la nouvelle, qu'il devait agir rapidement. Il suivait ses pensées et prit la main de celle qu'il aimait.

—Nous la pleurerons, ma mie, car vous savez à quel point j'appréciais cette femme. Nous lui rendrons les honneurs qui lui sont dus, mais auparavant, nous devons régler ce problème.

Elle opina de sa jolie tête blonde et prit un instant pour réfléchir à la question avant de répondre :

—Faites rapidement revenir le corps à Paris, en secret. Il suffira de dire qu'elle est décédée chez elle, quai des Théatins. Pour éviter toute question, un médecin affirmera que son cœur a lâché. Madame de la Rochefoucault n'était plus très jeune, une telle mort ne surprendra personne. Et exigez le silence de ceux qui sont au courant de l'affaire.

Le roi, qui gardait toujours la main de sa maîtresse dans la sienne, la baisa avec insistance.

—Oui, vous avez raison, encore une fois. Vous êtes toujours de si bon conseil, Jeanne-Antoinette. Que ferais-je sans vous ?

—Je ne m'inquiète pas, sire, vous trouveriez d'autres solutions. Personne n'est irremplaçable...

—Même pas le roi, s'empressa-t-il d'ajouter.

Cette fois, la favorite de Louis XV se garda bien de répondre. Après tout, c'était le monarque qui se trouvait devant elle et un impair pouvait si vite arriver. Elle était parfaitement consciente, comme toutes les femmes qui partageaient le lit d'un souverain, que sa situation n'avait rien d'éternel. Ne venait-elle pas de dire que personne n'était irremplaçable? Elle ne le savait que trop. Même la reine n'avait plus l'exclusivité de la couche du roi. C'était bien la preuve que l'on n'était jamais à l'abri de rien. Si une reine perdait ses avantages, qu'en était-il d'une simple maîtresse?

—Monsieur, puis-je me retirer, je vous prie? J'ai besoin d'être seule, dit la femme au regard marqué de tristesse et au visage déconfit.

—Oui, faites, ma mie, faites... je comprends. Nous nous retrouverons plus tard. J'ai de toute façon quelques affaires à régler.

La marquise fit sa révérence pour se diriger vers la porte. Avant de sortir, elle dit au roi:

—Une si belle femme, mourir ainsi... c'est horrible.

Ce à quoi le roi répondit:

—Madame de la Rochefoucault refusait de vieillir. Elle nous laisse le souvenir de sa beauté, qui demeurera éternelle dans notre mémoire.

La marquise de Pompadour salua une nouvelle fois la finesse d'esprit du premier gentilhomme de France et quitta les lieux d'un pas lent, la tristesse à l'âme.

«Était-ce dans le but d'acquérir la jeunesse éternelle que la marquise a commis ce geste fatal? Croyait-elle réellement à ces sornettes?», songea Louis XV.

Quarante-huit heures plus tard, le corps de la marquise était rapatrié à Paris. Grâce à la promptitude du capitaine Diotte de Prévost, la situation n'avait pas traîné. Et c'était préférable, car le temps s'annonçait plutôt chaud. Pour ralentir l'effet de décomposition et pour que la femme conserve jusque dans la mort la beauté qui avait fait sa renommée, le comte de Saint-Germain injecta dans ses veines une liqueur de sa composition. Il affirma au capitaine, qui s'était farouchement opposé à ce procédé dont il ne comprenait rien, que cette méthode avait été élaborée par un certain Frederik Ruysch, médecin et anatomiste, et que jamais elle ne viendrait altérer le corps de Jeanne. Il le certifiait.

—Je sais que vous me détestez à cause de ce qui s'est passé. Croyez-moi, je peine à me supporter moi-même. Mais faites-moi confiance, jamais je n'appliquerais ce procédé de conservation si je n'étais pas parfaitement convaincu de ses vertus. N'oubliez jamais que j'aimais Jeanne, tout comme vous, monsieur. Ce liquide permettra le transport de sa dépouille, que nous disposerons dans un caisson que je fais fabriquer. Nous l'envelopperons soigneusement et le placerons sous des couches de charbon de bois et d'argile. Ainsi, il restera intact jusqu'à l'enterrement.

L'officier Diotte de Prévost n'avait rien répondu, se contentant de sortir de la chapelle où reposait toujours la marquise, le cœur au bord des lèvres. À l'extérieur, quelques menuisiers s'affairaient à préparer le cercueil commandé par le comte, et qui permettrait de transporter le corps jusqu'à Paris sans qu'il se dégrade. Le capitaine se dirigea vers l'écurie pour seller son cheval et quitter l'enceinte du château au galop. Il avait besoin de changer d'air. Il fallait qu'il s'éloigne des lieux et de cette femme qu'il ne reconnaissait plus, car la mort lui avait enlevé le souffle de vie qui faisait d'elle ce qu'elle était.

Trois jours après le décès, la gazette annonçait en première page que Jeanne de la Rochefoucault, marquise d'Urfé, venait de mourir chez elle d'un arrêt cardiaque. La nouvelle fit le tour de Paris en quelques heures. On en parlait partout. C'était le seul sujet de conversation dans les salons, et bien entendu, chacun y alla de son interprétation personnelle.

Son enterrement attira bon nombre de personnes. Même le roi était présent, ce qui était tout simplement exceptionnel, puisque les souverains n'assistaient jamais aux enterrements de leurs sujets. Un monarque ne devait pas être associé à la mort, car selon la tradition le roi ne meurt jamais.

Sa présence et celle de madame de Pompadour ne manquèrent pas de faire jaser. On estimait ainsi toute la valeur de la défunte et le poids qu'elle avait eu dans les affaires d'État. L'image de la marquise prit soudain une autre dimension.

Dans le cortège se trouvait également un homme entièrement vêtu de noir, portant une perruque aux longs cheveux bruns et bouclés sous un large couvre-chef surmonté d'une plume. Le postiche et l'ampleur du chapeau empêchaient quiconque de voir son visage. Il se tenait un peu à l'écart et masquait ses larmes dans un mouchoir de soie.

Le comte était anéanti. L'idée de ramener le corps à Paris lui avait d'abord semblé déplacée et impensable. Il s'était dressé devant le capitaine de la garde et s'était opposé à cet ordre qui émanait directement du roi. Saint-Germain voulait faire bâtir un mausolée digne de la beauté et de la grandeur de sa maîtresse. Surtout, il ne voulait partager sa peine avec personne. C'était Thierry qui était parvenu à lui faire entendre raison. L'officier, pour sa part, lui en voulait au point de ne rien lui concéder et n'avait pas l'indulgence nécessaire pour tenter de le persuader.

Diotte de Prévost était lui-même submergé de chagrin et s'il répondait aussi prestement aux ordres, s'il mettait autant de soin et de diligence à y obéir, c'était justement pour ne pas sombrer dans la douleur qui n'attendait que l'occasion de le noyer. En voyant aux funérailles les innombrables personnes venues rendre un dernier hommage à la marquise, il se trouva bien égoïste d'avoir songé à les priver de cet ultime adieu. Jeanne était une dame du monde, une femme appréciée, elle méritait ces honneurs et ces nombreuses démonstrations de sympathie. Louis XV avait annoncé publiquement qu'il payait, de ses deniers personnels, les obsèques de cette femme qu'il tenait en haute estime. Cette annonce ne donna que davantage de prestige au nom de la Rochefoucault.

Une messe fut célébrée, suivie d'une homélie. Lorsque la cérémonie se termina, les gens quittèrent les lieux tranquillement. Saint-Germain souhaitait rester jusqu'à ce qu'il puisse adresser à la marquise un dernier au revoir, à l'abri des regards. Son attente fut longue, mais il patienta, en silence et en retrait. Lorsqu'il se retrouva enfin seul devant le cercueil, il posa sa main avec douceur sur le bois de chêne. Il ferma les yeux un moment, avant de murmurer, comme une prière :

— Je vous demande pardon, mon amour... J'aurais dû vous arrêter quand c'était encore le temps. Si je m'étais douté un seul instant de cette folie que vous alliez commettre, j'aurais freiné votre élan. Je vous aurais donné ce que vous recherchiez... Vous seriez alors à mes côtés, vivante... Je ne me pardonnerai jamais d'avoir sous-estimé votre volonté à reconquérir la jeunesse. Je ne vous pardonnerai jamais ce geste fatal... Vous vouliez rester jeune. Vous mourez en laissant derrière vous l'image même de la beauté qui sera désormais telle que vous la souhaitiez : immortelle. Vous venez de frapper les esprits pour l'éternité. On se souviendra de vous, de votre fraîcheur, de votre joie de vivre et avec le temps on dira même de vous que vous aviez la beauté juvénile d'une demoiselle... Voilà, mon ange, ce qu'est l'immortalité : une image laissée derrière soi.

Des larmes roulaient sur les joues d'Henri-Philippe.

— Adieu ma marquise, ma bien-aimée. Je vous aimerai à jamais !

Puis, Saint-Germain quitta l'église, laissant derrière lui la femme qu'il avait adorée dès l'instant de leur première rencontre : si souriante, si pleine de vie et si désirable. Il aurait dû se méfier de cet amour naissant, lui qui était incapable de garder les gens qui l'aimaient. Il ne pouvait s'en prendre à personne, si ce n'était à la fatalité elle-même.

—Vous n'êtes pas responsable de la mort de la marquise, Henri-Philippe. Vous le savez parfaitement.

—Je ne suis pas non plus totalement innocent. J'ai ma part de responsabilité. Jeanne pensait que je cachais dans les sous-sols de Chambord un laboratoire, où je m'adonnais à des expériences sur l'immortalité. Je me suis toujours moqué de ces rumeurs à mon sujet, j'ai toujours ignoré les commentaires sur ma soi-disant jeunesse, je ne pensais pas que la marquise prêtait foi à ces balivernes. Elle me questionnait indirectement sur ce que je faisais, mais je demeurais chaque fois évasif… Je le suis avec tout le monde lorsqu'il s'agit de ma vie privée, je n'ai jamais su m'ouvrir. J'aurais dû être plus vigilant. Ma réserve la confortait certainement dans cette idée de vie éternelle. Si je m'étais un seul instant douté de ses intentions…

—Qui d'autre est au courant de l'existence du laboratoire? demanda le roi de France à son hôte.

—Personne, hormis mon secrétaire et le capitaine. Nous pouvons leur faire confiance. Pourquoi me posez-vous cette question?

—Je ne tiens pas à ce que la nouvelle s'ébruite, voilà tout. Je ne souhaite pas que l'on apprenne que vous effectuez des recherches pour moi. D'ailleurs, à ce propos, est-ce que votre travail avance?

Le comte se retint de rétorquer au roi qu'il n'en avait que faire des recherches sur lesquelles il travaillait depuis des semaines, que sans la présence de la marquise dans sa vie, plus rien n'avait d'importance. Mais il savait qu'il devait tenir sa langue. On ne s'adressait pas de la sorte à un monarque, si l'on tenait le moindrement à la vie. Saint-Germain avait beau être riche et indépendant, il n'en demeurait pas moins que le roi était le roi, et donc qu'il avait tout pouvoir.

— Oui, mes travaux avancent. Je crois pouvoir vous annoncer que d'ici quelque temps je serai en mesure de vous faire une démonstration concluante.

— Fort bien, vous me voyez ravi par cette nouvelle. Vous me ferez prévenir lorsque vous serez prêt.

— Oui, bien évidemment, Votre Majesté.

Le roi fit quelques pas dans son cabinet de travail où il avait reçu, dans le plus grand secret, son visiteur. Il s'arrêta devant une des fenêtres, tournant ainsi le dos au comte.

— Autre chose. Vous savez, je suppose, que le vice-roi, le duc de Choiseul, mène une enquête sur vous ?

— Oui, je suis au courant.

Le roi se tut un instant.

— Soyez rassuré, il n'ira pas plus loin, je me charge de lui. Vos secrets demeureront à l'abri.

Le comte s'étonna de cette affirmation. Que savait le roi ?

— Puis-je vous demander, sire, à quoi vous faites référence exactement ?

Louis XV afficha un demi-sourire avant de se retourner et de le regarder bien en face.

—Je ne tiens pas plus que vous à ce qu'il déterre votre passé. Nos relations avec la Transylvanie sont des meilleures, déclara-t-il. Et nous tenons à ce qu'il en demeure ainsi.

Henri-Philippe avait maintenant sa réponse. Louis XV connaissait sa réelle identité. «Mais comment diable est-il au courant?», se questionna le comte.

—Voyez-vous, monsieur de Saint-Germain, j'ai déjà assez de soucis comme ça avec l'Angleterre, je n'ai pas envie que la France soit mêlée à un incident diplomatique avec un autre pays. C'est pour cette raison que vous enjoins de quitter Paris et de retourner à Chambord. Je tiens à vous, mais également à mes bonnes relations avec le prince Gyorgy Ràkoszi. Vous me comprenez, j'en suis certain.

«C'est on ne peut plus clair!», se dit le comte.

—Soyez rassuré, Votre Majesté. Personne n'est au courant de ma présence ici et vous connaissez les circonstances qui m'ont poussé à quitter Chambord. Je ne suis pas descendu à mon hôtel particulier rue des Francs-Bourgeois, mais dans une auberge. Depuis mon arrivée, je me promène sous de fausses apparences. Personne ne peut me reconnaître. Je sais me faire très discret quand cela se révèle nécessaire. Sachez, sire, que je repars dès demain matin. Je n'ai aucune raison de rester plus longtemps dans cette ville.

—Fort bien, monsieur le comte, je vois que nous nous comprenons.

Henri-Philippe adressa un léger signe de la tête au roi.

7

L ES COULOIRS DU LOUVRE étaient assez calmes, ce qui contrastait avec le perpétuel mouvement qui y régnait habituellement. Louis XV était en réunion avec ses ministres. La reine, qui souhaitait se reposer et profiter d'un peu de fraîcheur, avait emmené une bonne partie de la cour avec elle au château de Fontainebleau. Le roi n'était pas sans apprécier cette tranquillité dont il ne bénéficiait que très rarement, et malgré la chaleur, il espérait savourer un peu cette accalmie.

Plusieurs dossiers étaient à l'étude et le duc de Choiseul participait, comme il se doit, à la rencontre qui avait débuté assez tôt. On évoqua les pourparlers entamés avec l'Angleterre et les échecs qui s'accumulaient. Le maréchal de Belle-Île, secrétaire d'État au département de la Guerre, informa le monarque et ses ministres qu'il se passait des choses du côté de la baie de Cancale. Quelques éclaireurs anglais avaient été surpris dans la région et on tentait d'en apprendre plus sur ce qu'ils faisaient là. Le maréchal priait ainsi l'assemblée de prévoir des effectifs au cas où ces incursions seraient annonciatrices d'une attaque-surprise de la part des Anglais. Intuitif et se fiant à sa longue expérience, l'homme craignait un assaut imminent près des côtes. Le roi l'écoutait avec attention, se fiant à sa grande pratique militaire. Il fut donc décidé d'envoyer quelques troupes afin de renforcer les défenses du littoral breton. Le maréchal semblait soucieux, ce qui rendait le souverain et ses proches quelque peu nerveux. Le secrétaire d'État n'était pas du genre à s'inquiéter pour des riens.

Il y avait presque trois heures que le monarque et ses ministres passaient en revue les différents dossiers liés au royaume : nouvelles lois, demandes d'audience et décisions financières, politique étrangère et accords de toutes sortes. On voyait que Louis XV était distrait. Son regard se portait de plus en plus souvent vers les jardins que l'on apercevait par les fenêtres. La chaleur moite devait certes nuire à la concentration des hommes formant ce cabinet.

— Avons-nous passé les dossiers les plus urgents, messieurs ? demanda-t-il enfin.

Les ministres acquiescèrent de la tête, sachant que certains détails pouvaient encore attendre. Si le roi en avait assez, c'était signe que la rencontre était terminée.

— Très bien, ce sera tout pour aujourd'hui. Nous verrons le reste plus tard.

Les ministres se levèrent sans ajouter un mot, saluèrent le monarque et sortirent à la queue leu leu. Le vice-roi resta dans la salle de réunion.

Le premier gentilhomme de France poussa un soupir en le voyant à côté de la table.

— Que voulez-vous, Choiseul ? dit-il sur un ton las. Dépêchez-vous, j'ai besoin de prendre l'air. Une migraine m'assaille depuis le début de cette réunion et cette chaleur devient insupportable.

L'homme s'approcha en lui tendant une fiche en cuir. Le roi en défit le cordon avant d'en lire le contenu, en silence et avec intérêt. Il déposa le dossier devant lui sur la table de travail, se leva et se dirigea vers l'une des portes-fenêtres qu'il ouvrit toute grande.

—Ah, enfin un peu de fraîcheur! J'ai une grande envie d'aller me promener à cheval, peut-être même d'aller chasser, dit-il sans se retourner. Vous avez monté là un dossier fort impressionnant, Choiseul. Je reconnais votre détermination et votre souci de voir au bien-être de l'État. Il n'est pourtant pas aisé de trouver quelque information que ce soit sur le comte de Saint-Germain, il existe si peu de documents... Pourquoi vous intéressez-vous tant à cet homme, monsieur?

Choiseul eut un mouvement de surprise. Il ne s'attendait pas à ce que le roi connaisse les difficultés rencontrées lors de sa recherche de renseignements sur Saint-Germain, ni à ce qu'il lui pose cette question. Il se figurait plutôt, en lui dévoilant ces informations, que Louis XV lui ordonne sur-le-champ de faire arrêter cet étranger qui vivait à Chambord et qui était, à n'en pas douter, un roublard, un imposteur.

—Pardonnez-moi, Votre Altesse, mais je m'inté-resse à tout ce qui touche de près ou de loin le royaume et les intérêts de la France.

—Oui, je le sais, et moi de même.

Le vice-roi venait de commettre un impair. Il ne comprenait pas l'attitude du monarque et il sentait bien qu'il était en train de marcher sur des œufs.

—Je vous connais assez bien pour savoir que vous êtes le meilleur allié de la France, que le royaume est entre bonnes mains, et que votre droiture est exemplaire... mais cet homme, monsieur de Choiseul, n'est pas dangereux. Il ne représente pas une menace ni pour le trône ni pour moi-même. Et bien qu'il ait quelques affections pour l'Angleterre, poursuivit le monarque avec un demi-sourire, elles ne sont pas politiques. Il faut savoir faire la part des choses, mon cher duc.

—Monsieur, pardonnez-moi, mais ce comte de Saint-Germain n'est pas ce qu'il prétend et ses origines sont obscures. Rien chez lui n'est franc et je crains qu'il ne profite de...

—De ma naïveté, monsieur le duc?

Choiseul n'aimait pas la direction que prenait la discussion. Il avait beau être le bras droit du roi, sa situation comme celle de tous les sujets de Sa Majesté pouvait basculer en un claquement de doigts.

—Jamais je ne me permettrais de douter de votre jugement, monseigneur. Je suis là pour vous appuyer, car vous ne pouvez voir à tout. Je me suis donc permis d'enquêter sur cet homme, parce que je tenais à faire la lumière sur son passé et à découvrir sa nature réelle.

Louis XV se tourna enfin vers son ministre qui, de toute évidence, était mal à l'aise.

—Vous allez prendre le double de votre dossier, monsieur le duc de Choiseul, puisque je sais que vous copiez toujours vos écrits, et le jeter au feu, le détruire, vous m'entendez? Oubliez ce que vous savez sur le comte de Saint-Germain, et ne doutez plus jamais de mes décisions...

La voix du roi était basse et autoritaire. Le duc sut que le sujet était clos et qu'il était inutile d'aller plus loin, et même d'espérer une quelconque explication de la part de son souverain. Il fit un profond salut à son maître, mais avant de se retirer, il fit mine de s'approcher de la table pour prendre le dossier qu'il avait monté avec tant de difficultés.

— Laissez cela, Choiseul! claqua, dans son dos, la voix de Louis XV.

Le vice-roi salua une nouvelle fois le roi de France avant de sortir.

Lorsqu'il fut seul, le monarque ferma les yeux un court instant tout en poussant un profond soupir. Il prit le dossier et en sortit les quelques feuillets qui le composaient pour les parcourir de nouveau. Il se dirigea vers l'âtre de la cheminée dans lequel il plaça le document avant de craquer une allumette. Il regarda les notes de son vice-roi se consumer jusqu'à ce qu'il ne reste rien de son travail.

Le duc de Choiseul referma la porte de son cabinet derrière lui, sans même se rendre compte où il était réellement tant il était absorbé par ses pensées. Jamais encore le roi ne lui avait parlé sur ce ton. Jamais encore il ne lui avait donné un tel ordre. Saint-Germain était bien le fils d'un prince, il n'y avait plus de doute possible. L'homme était un personnage important et il était sous la protection du roi.

Le duc sortit une clé de sa poche et se dirigea vers un bureau en acajou protégé de deux portes. Il les ouvrit et prit l'enveloppe dans laquelle il conservait un double du dossier qu'il venait de remettre au roi. Il en parcourut les quelques lignes qu'il avait eu tant de mal à recueillir. En relisant ses notes, il constata qu'il ne comprenait pas mieux l'affaire, même après ce qui venait de se passer. La présence de Saint-Germain à Chambord n'était pas un simple caprice ; le monarque cherchait à cacher sa relation avec cet homme. Il devait donc lui être utile. Mais utile à quoi ? Il se passa plusieurs fois la main sur le menton, le regard perdu. Il aurait tant aimé savoir. Étienne-François de Choiseul regrettait par-dessus tout le fait que son roi le tienne ainsi à l'écart de cette affaire, lui qui pensait être de ses confidents. Il comprit alors que le monarque avait certainement quelques ambitions. Étaient-elles politiques ? Le duc s'avança près de la cheminée, craqua, lui aussi, une allumette et enflamma les quelques pages de son rapport. Il resta un long moment à regarder son travail brûler, regrettant amèrement de ne pas pouvoir découvrir les détails de cette histoire.

L'affaire Saint-Germain était maintenant close.

Il devait dès lors aviser Jacobin que l'enquête était terminée, ce qu'il fit sur-le-champ. L'espion s'en montra étonné, mais comprit bien vite que les ordres venaient directement du roi. Le mystère entourant le comte devenait, par le fait même, encore plus intrigant.

8

L E CAPITAINE DE LA GARDE était allongé sur son lit, complètement saoul, et il pleurait, seul dans l'immense demeure qui avait toujours appartenu aux Diotte de Prévost. Après les obsèques de la marquise, l'officier avait demandé l'autorisation de partir quelque temps dans sa famille, prétextant le mariage d'une de ses sœurs. Il avait trouvé refuge dans sa villa de Cuneo, dans le nord de l'Italie. C'était sa retraite, il connaissait les lieux depuis son enfance. Et il s'y était rendu pour tenter d'oublier son chagrin.

L'officier souhaitait panser ses plaies en privé, loin des fastes de Paris et de la cour. Loin de ces lieux qu'ils avaient fréquentés ensemble : l'opéra, le restaurant Procope, le jardin du Luxembourg, où plusieurs fois il l'avait emmenée se promener les dimanches d'été. Il avait fui la France aussitôt les funérailles terminées. Il fallait qu'il parte, c'était devenu une idée fixe durant le retour du corps de celle qu'il aimait vers la capitale. Il voulait pouvoir vivre son deuil en silence et dans la solitude. Sur sa table de chevet, une miniature de Jeanne de la Rochefoucault était posée. Les yeux de la femme le fixaient dans son éternité. Elle lui avait offert ce portrait d'elle pour son anniversaire trois ans plus tôt, depuis le minuscule tableau ne l'avait jamais quitté.

Depuis cinq jours qu'il se trouvait là, il avait bu des litres de vin, ne se nourrissant que de quignons de pain. Le couple responsable de l'entretien de la villa avait été surpris de le voir ; il ne les avait pas fait prévenir de sa venue prochaine. Mais en tant que maître des lieux, il était chez lui et pouvait y venir quand bon lui plaisait, avait dit l'homme à sa femme qui s'était plainte de cette arrivée impromptue. Sitôt débarqué, le capitaine s'était enfermé dans ses appartements, refusant de voir quiconque, repoussant toute nourriture, et commandant du vin par caisses à son employé. Le couple de gardiens s'inquiétait de ses clameurs qui provenaient de derrière la porte, et l'homme s'était même demandé s'il devait intervenir lorsqu'il avait entendu le fracas de meubles ayant été balancés contre les murs. Lorsqu'il apporta une nouvelle caisse de vin le lendemain à la requête de l'officier, il trouva la chambre sens dessus dessous. Les chaises étaient en morceaux, les porcelaines en éclats, les tableaux lacérés, les rideaux arrachés et le lit éventré. Lorsqu'il demanda à son maître s'il souhaitait que sa femme vienne faire le ménage, Diotte de Prévost l'avait jeté hors de ses appartements en lui hurlant de lui foutre la paix, qu'il n'avait besoin de personne.

Les deux gardiens de la villa respectèrent son exigence, sans pourtant être rassurés. Devaient-ils avertir la famille ? Au moment où ils s'interrogeaient sur ce qu'ils devaient faire, l'officier fit irruption dans la cuisine. Il avait le regard fiévreux et semblait sortir tout droit de l'enfer. Jamais il n'avait été dans un tel état.

—J'ai besoin d'être seul. Inutile de prévenir qui que ce soit. Je souhaite qu'on me laisse tranquille. Bastien, apportez-moi du vin, et vous, Blanche, cessez de vous inquiéter telle une mère...

Sans rien ajouter, il retourna s'enfermer dans ses appartements.

—Une bien profonde peine d'amour que vit notre capitaine, avait simplement dit la vieille femme, en secouant la tête. De celles dont on ne se relève qu'à moitié... ou jamais !

Le capitaine retourna s'allonger sur son lit défait, une bouteille de chianti à la main. Ses pensées se heurtaient. Il tentait de retracer ses souvenirs de la marquise de la Rochefoucault. Il cherchait à retrouver son rire, sa voix et le suave parfum de sa peau. Il fouillait chaque recoin de sa mémoire pour recueillir tout ce qu'il pouvait. Mais déjà la voix de celle qu'il avait tant aimée s'estompait, se perdait. Ce constat le bouleversa à tel point qu'il se remit à pleurer. Ces larmes étaient celles de l'âme, les plus profondes, les plus douloureuses.

Une évocation s'imposa soudain à lui. Il voyait nettement une scène qui avait eu lieu quelques mois auparavant, chez elle. Il se souvenait avec précision de la dernière de ces fameuses soirées de spiritisme qu'elle avait données. Le capitaine se rappela la question de la femme et surtout la réponse qu'elle avait obtenue. Il revoyait le verre qui avait glissé de la table, le sang sur sa lèvre, la frayeur qu'elle avait alors tenté de dissimuler. Était-ce un avertissement ? Il n'avait jamais prêté foi à ces démonstrations, mais le doute s'immisçait maintenant dans son esprit. La mort n'avait pas voulu faire une exception pour elle... Elle voulait vivre éternellement pour lui, à cause de lui...

—Quelle folie! Comment a-t-elle pu croire un seul instant à de telles sottises?

Diotte de Prévost demeura un bon moment songeur. Dans les événements survenus au printemps, quelque chose lui échappait, mais il ne pouvait déterminer ce dont il s'agissait. Il finit par s'endormir, emportant le rire charmeur de la belle marquise au pays des rêves, seul lieu où il pourrait désormais la rejoindre.

Là, elle ne vieillirait jamais.

9

L E ROI DE FRANCE attendait l'arrivée de son invité en terminant de lire *Trois discours sur la condition des grands* de Blaise Pascal. La rencontre aurait lieu en secret dans le jardin. Des gardes étaient postés dans le parc, et personne ne devait les déranger. La fin du mois de septembre 1758 était particulièrement douce. La chaleur de l'été se faisait encore sentir. Les récoltes avaient été exceptionnelles et l'on engrangeait pour les mois d'hiver.

Un laquais s'approcha du monarque et le salua avec déférence.

—Votre Majesté, monsieur Robert de Villiers est arrivé.

Derrière le majordome, un homme élégamment vêtu, mais tout en sobriété, attendait qu'on l'enjoigne à s'approcher, ce que fit le roi en se levant pour venir lui-même à sa rencontre.

—Voilà une mise qui contraste avec ce que j'ai l'habitude de voir chez vous, monsieur le comte.

—Oui, mais elle est nécessaire. Sans elle, je ne pourrais déambuler librement sans craindre pour ma vie.

—Bien sûr, bien sûr... Mais prenez place, je vous en prie. Laissez-moi vous servir un verre de cette fine Marsala Soleras Riserva, dix ans d'âge, que m'a gentiment offerte l'ambassadeur d'Italie Fransceso Molinare. Vous verrez, ça se boit tout seul, un délice !

Henri-Philippe prit le verre que lui tendait le roi et attendit que celui-ci l'invite à boire une gorgée.

—Goûtez, allez-y. Vous allez découvrir quelque chose d'unique.

Le comte porta le verre à sa bouche et y trempa légèrement les lèvres. Il n'aimait pas beaucoup les alcools forts. Il jugeait que leurs vapeurs faisaient perdre contact avec le réel, qu'il n'était jamais judicieux de fuir. Ces brouillards artificiels qui cachent la réalité de l'existence n'étaient en fait, à ses yeux, que des mirages auxquels il ne croyait pas.

—Alors, monsieur le comte, dites-moi, comment vont nos recherches ?

—Elles avancent très bien. Vous serez bientôt satisfait. Croyez-moi, l'attente en aura valu la peine.

—Oui, je l'espère bien. Quand pourrai-je voir les résultats ?

—Quand ce sera au point, Votre Altesse, très bientôt. Il faut du temps pour bien faire les choses et vous savez que les derniers mois ont été difficiles.

—Il est inutile de me le rappeler, monsieur de Saint-Germain. Comment vous sentez-vous, allez-vous mieux ?

Le comte porta son regard vers l'horizon. Le roi vit une grande douleur traverser ses yeux sombres.

— Chaque jour devrait m'éloigner un peu plus de ma peine et pourtant je la sens à chaque instant plus lourde.

Louis XV sentait qu'il était inutile de poursuivre davantage cette conversation. Tout était dit. Il décida de changer de propos.

— Je dois vous informer d'un fait nouveau, Henri-Philippe, et c'est pour cette raison que je vous ai fait venir, lança-t-il, car il pourrait bien, dans un avenir proche, vous concerner. Vous savez certainement que les *Domini canes* en ont après les francs-maçons et autres fraternités de ce monde ?

Le comte apprécia que le roi ne s'éternise pas sur le sujet et le remercia d'un regard pour son grand tact.

« Décidément, c'est un homme de bien, se dit-il. Et contrairement aux autres rois que j'ai croisés dans ma vie, il n'est pas imbu de sa personne. Il a certainement ses ambitions, après tout, c'est un homme de pouvoir, mais il mérite mon respect et je suis prêt à lui dévoiler certaines choses lorsque le moment sera venu... »

— Oui, on en entend de plus en plus parler, et j'ai lu dans la gazette parisienne qu'ils n'hésitaient plus à s'en prendre aux nobles. Leur présence en Italie et en Espagne est largement répandue.

— Et le pape est de leur côté. Certains personnages bien pensants ne voient pas d'un bon œil la fraternité de cette confrérie... La franc-maçonnerie devient importante et elle n'est pas sans rappeler à quelques-uns l'ordre des templiers. Mais on peut se demander combien de temps cela durera.

Saint-Germain marqua un temps avant de répondre :

—L'Église n'a jamais toléré les esprits libres.

—Vous n'aimez pas l'Église catholique, n'est-ce pas?

—Je n'aime pas les religions. Elles ne servent qu'à manipuler la pensée et à maintenir l'homme dans l'ignorance. L'Inquisition s'en prend aux chercheurs qu'elle accuse d'hérésie. Pourquoi, croyez-vous? Parce que si, un jour, la science venait à prouver que Dieu n'existe pas, la religion n'aurait plus sa raison d'être, elle deviendrait aussi inutile que la chiure d'un insecte!

—Comme vous y allez, monsieur! Je suis croyant, faites attention, dit le roi, un brin moqueur. Et quelle serait donc la raison de notre présence sur Terre si Dieu n'existait pas?

—Elle est pourtant fort simple : participer à la vie elle-même. Nous ne faisons qu'un avec l'univers et avec ce qui nous entoure, mais nous ne sommes pas supérieurs à ce qui le compose, contrairement à ce que ces « maîtres » de Dieu peuvent prétendre.

—Vous tenez de tels propos que je pourrais vous dénoncer aux "chiens de Dieu".

—Oui, peut-être, mais vous ne le ferez pas, parce que vous croyez également en la science et que vous encouragez les penseurs de ce monde, comme notre ami Voltaire ou encore ce cher Diderot.

—Que j'apprécie beaucoup d'ailleurs… Cela dit, méfiez-vous, monsieur de Saint-Germain. Nous ne sommes pas tous aussi ouverts d'esprit et l'Inquisition ne s'en prend plus uniquement aux gens du peuple. Elle cible tout le monde et je sais que vous êtes dans sa mire!

—Oui, effectivement. Mais la noblesse, vous vous en doutez, ne paie pas ses injures à la foi le même prix que le peuple. On n'hésite pas à torturer les petites gens, alors que les nobles peuvent monnayer leur passage dans les donjons de l'Inquisition romaine. Même la foi semble avoir sa hiérarchie, Sire.

— Ce que vous dites là est horrible. Pourtant je ne peux que vous donner raison, mais par définition un roi ne peut être sans foi ni Dieu, c'est impossible...

— Oui, le roi reçoit son pouvoir de Dieu, ne pas croire en lui serait une incongruité.

— Qui sait, le futur vous donnera peut-être raison. La science pourra peut-être expliquer la vie et sa création, mais pour le moment, je fais partie de ceux qui ont la foi.

Saint-Germain répondit au roi par un sourire, que le monarque interpréta comme une légère gouaillerie. Comme on sourit à l'enfant qui vient de proférer une innocente bêtise. Il ne s'en offusqua pas, car il devinait que le comte ne cherchait pas à se montrer déplaisant. Et puis, il appréciait l'homme justement pour sa liberté de pensée. Une chose bien enviable, songea-t-il.

— J'apprécie nos échanges, mon cher ami, mais vous savez comme moi qu'ils ne le seraient pas de tout le monde, alors montrez-vous prudent, monsieur de Saint-Germain. Je sais de source sûre que vous figurez sur les listes de ces dominicains qui cherchent à vous nuire, ajouta Louis XV non sans se moquer à son tour.

Saint-Germain émit un petit rire.

— Oui, je sais. Depuis mon arrivée en France, je figure sur le tableau de chasse de quelques personnes... Je crains que l'on souhaite me voir ailleurs.

— Eh bien, ce n'est pas mon cas ! Tant que vous êtes mon invité et que vous demeurez en France, le tribunal de l'Inquisition ne viendra pas vous ennuyer ! Les *Domini canes* ont peut-être du pouvoir, mais j'ai moi aussi quelques pions sur l'échiquier. Vous pouvez dormir en paix. Tant que nous serons amis, vous serez à l'abri.

Le roi se leva, montrant ainsi au comte que l'entretien était terminé. Saint-Germain fit de même et le salua avec considération.

—Je passerais bien la journée à discuter avec vous, c'est toujours un si grand plaisir. J'apprécie votre franchise, comme vous le savez. Mais je dois malheureusement vous quitter. Le devoir m'appelle. Le roi de France n'a aucune liberté, contrairement à ce que l'on peut en penser.

L'homme se pencha vers son invité pour lui dire, sur le ton de la confidence :

— Si vous saviez comme j'envie parfois la liberté d'un simple paysan. Vivre de son labeur chaque jour et selon les saisons, voilà ce que c'est que la vraie vie !

Saint-Germain se garda bien de lui dire que la pitance du simple paysan se résumait parfois à peu de choses sur la table, que les saisons pouvaient le plonger dans la misère, que la maladie et le froid le guettaient sournoisement chaque hiver, et que le labeur le tuait bien souvent. Mais un être qui n'avait même jamais eu à aller puiser de l'eau, puisqu'elle se trouvait déjà dans un pichet sur sa table, n'aurait pas saisi la portée d'une telle réponse. L'homme de pouvoir envie le petit et le petit rêve de pouvoir, tous deux ignorant totalement ce que constitue réellement l'objet de leur désir. Henri-Philippe, lui, n'enviait ni l'un ni l'autre.

10

LES SEMAINES SUIVANT cette conversation avec le
roi de France s'écoulèrent au rythme des saisons et
de l'engourdissement des longs mois d'hiver. Saint-
Germain s'était jeté corps et âme dans ses recherches
après le décès de la marquise de la Rochefoucault,
il vivait la plupart du temps reclus au château de
Chambord où il recevait bien peu de monde, pour ne
pas dire personne. Il était parfois des jours entiers sans
mettre le nez hors de son laboratoire. Son acharnement
au travail n'avait d'égal que la profondeur de son mal.

Il avait passé un certain temps à œuvrer avec le
comte de Cagliostro dans la cave de la résidence
parisienne de ce dernier et leur étroite collaboration
avait été profitable. Un soir de février de l'année
1759, ils parvinrent à engendrer le feu primordial
qui allait donner naissance à la pierre philosophale.
Ils connurent enfin l'éveil, l'incarnation de l'esprit :
l'œuvre au rouge.

Le Grand Œuvre qui permettait de transmuter les
vils métaux en or, de guérir toutes maladies et d'atteindre l'immortalité.

Le *Magnum Opus*.

La sueur perlait sur son visage, et des mèches de cheveux noirs se plaquaient à son cou et à ses joues. Une goutte roula sur l'arête de son nez et s'immobilisa à son bout où elle resta suspendue une seconde, avant de lâcher prise et d'aller se perdre dans le lin de sa chemise détrempée. L'atmosphère de la pièce était presque insoutenable, étouffante, mais l'homme ne semblait pas en souffrir ; sa concentration était totale. La chaleur du feu, avivée dans le fourneau par un système de soufflerie que l'on ne voyait pas, s'élevait à 1300 degrés Celsius et devait être constante, maintenant ainsi la température de l'athanor.

L'alchimiste était penché sur la *chambre*, ce qu'il appelait dans son jargon l'œuf philosophique, un vase au long cou servant à chauffer certaines matières. Il scrutait les réactions qui se produisaient à mesure qu'il versait tantôt de l'antimoine minéral, tantôt du sulfate de soude, et d'autres éléments naturels. Le point de fusion était atteint. La magie se produisait une nouvelle fois. Il savait à tout instant comment les matériaux réagiraient, à quel moment ce qui devait se produire arriverait, et ce qui suivrait. Il connaissait la méthode par cœur pour l'avoir expérimentée à maintes reprises et il l'employait avec l'expérience d'un maître en la matière. Pour accéder à l'Œuvre, il avait perfectionné son art, recommençant et reprenant toujours les mêmes gestes. La route avait été longue.

—Se montrer patient, voilà le secret… dit-il sans se retourner vers l'homme qui demeurait en retrait, immobile, juché sur un escabeau derrière lui. Je suis vraiment désolé, Votre Altesse, de vous tourner ainsi le dos, mais je n'ai pas le choix. Cette étape exige toute mon attention…

L'autre ne répliqua pas, trop curieux de voir ce qui allait se passer et fort peu soucieux de ce sérieux manquement à l'étiquette. On ne tournait pas le dos au roi, mais le monarque n'en avait cure. S'il demeurait en retrait, c'était uniquement à cause de l'insoutenable chaleur qui se dégageait du four. Il se demandait comment Saint-Germain pouvait la supporter. Là où il se trouvait, il pouvait profiter d'un léger vent de fraîcheur qui, en provenance de l'escalier, s'engouffrait dans le couloir de pierre. Mais dans le laboratoire, il n'y avait ni fenêtres ni soupiraux. La pièce se situait deux étages en dessous du premier sous-sol. Le roi avait été surpris de la découvrir lorsque l'homme lui en avait parlé la première fois, en lui montrant les plans, lui qui pensait bien connaître le château. Le chercheur lui avait alors expliqué qu'elle avait toujours été là, mais qu'on en avait condamné l'accès. Elle ne demandait qu'à être de nouveau exploitée.

Sans lâcher des yeux ce qu'il appelait *l'azoth*, Henri-Philippe s'empara d'une petite balance et d'une boîte contenant des lingots de cuivre qui lui serviraient à prendre la mesure, le poids de son expérience, de son travail. Tout était prêt. Le moment était venu.

Il plongea une louche d'ébène dans la matrice où reposait maintenant une substance noirâtre appelée *corbeau*, aussi épaisse que de la mélasse et dont l'odeur pestilentielle commençait à envahir les lieux. Le roi, qui se tenait toujours à l'écart, extirpa de sa poche un mouchoir de dentelle parfumé qu'il plaqua sur sa bouche et son nez tout en plissant le front. Si la chose n'avait pas été si importante, il aurait quitté les lieux sur-le-champ. L'alchimiste, lui, ne semblait pas troublé par les émanations. Il examinait attentivement la texture de la substance qu'il venait de prélever. Satisfait, il en versa le contenu dans un creuset de terre réfractaire contenant un liquide composé de *lait de vierge* et de *mercure philosophique*. Sans quitter la substance des yeux, il tendit la main vers le gentilhomme à l'écart. Celui-ci y déposa quatre vulgaires piécettes de fer, qu'il laissa tomber dans le mélange qui se mit à virer tranquillement au blanc. Une douce lumière astrale rayonnait au-delà de son environnement immédiat. Il attendit encore quelques secondes, sans prêter la moindre attention à celui qui se trouvait là et qui venait de se lever pour s'approcher de la table, attiré par la lueur et par le phénomène devant normalement se produire, oubliant à la fois la chaleur et l'odeur. Une certaine tension régnait dans la pièce et l'alchimiste sentait toute la nervosité de son hôte.

Le comte s'empara d'une pince prête à l'usage, posée sur un linge immaculé, et la plongea dans le liquide pour en ressortir une des pièces qu'il plaça sur le drap prévu à cet effet. Tout en prenant soin de bien saisir le tissu et de ne pas toucher la monnaie avec ses mains, il se mit à frotter la piécette avec énergie. Dans un premier temps, la substance blanche sembla résister, demeurant opaque et grasse, mais il ne se laissa pas abuser ; il connaissait la matière et ses humeurs. Il songea qu'il aurait certainement été préférable de la laisser reposer encore quelques instants, mais il savait, il sentait que le roi s'impatientait, malgré sa longue mise en garde sur le temps nécessaire à la procédure. La fébrilité de son visiteur était palpable. Mieux valait le satisfaire.

Il frotta énergiquement la monnaie pendant de longues secondes, puis un rictus se dessina finalement sur ses lèvres.

— Enfin, te voilà… souffla-t-il tandis qu'une goutte de sueur quittait son front pour rouler sur sa joue.

Il s'approcha du chandelier. Un éclat lumineux, d'un jaune brillant, se mit à scintiller sous l'effet des flammes. La couleur si caractéristique du matériau témoignait en elle-même de son authenticité. Il tendit le linge à son souverain, qui le reçut comme une obole.

— Monseigneur, voici l'œuvre métallique, le Grand Œuvre dans tout son mystère. Je vous offre le secret d'un savoir perdu.

À son tour, le roi tourna l'objet et le plaça en pleine lumière. Ses yeux émirent alors une onde de satisfaction et son sourire s'étira de contentement. L'attente en avait valu la peine.

— Prenez garde, n'y touchez pas avec vos mains. Ces pièces doivent auparavant tremper dans un bain de cendres pour neutraliser la transmutation. Prenez soin de les manipuler à travers le linge. Le contact avec la matière grugerait votre peau jusqu'aux os.

La simple piécette de fer était devenue une monnaie d'or de qualité supérieure à tout ce que le visiteur avait pu voir jusqu'à ce jour.

Le miracle avait eu lieu.

— *Secretum dei*, murmura le visiteur.

L'alchimiste ne put refréner un sourire de triomphe. Le *Lapis Philosophorum* n'avait plus de secrets pour lui. Il avait percé les secrets du *Mutus Liber*.

—Je veux ce secret, dit le roi de France en fixant attentivement le comte de Saint-Germain qui se tenait debout au beau milieu de la pièce, en nage.

La chaleur était moins intense, et le comte s'épongea le visage avant de boire une grande rasade d'eau. Il savait depuis toujours que le roi lui ferait cette demande, qu'il ne se contenterait pas de quelques piécettes transformées en or, qu'il voudrait obtenir, bien évidemment, le secret des secrets, le *Magnum Opus*.

—Majesté, vous savez que pour parvenir à fabriquer de l'or, il ne faut pas seulement un bon alchimiste. Il faut avoir suivi un cheminement. La transmutation des métaux n'est qu'une étape pour atteindre la pierre philosophale, ce n'est pas une banale recette que l'on prépare dans un vulgaire creuset. C'est une quête qui repose sur le labeur d'une vie. On ne devient pas alchimiste comme ça. Je travaille sur cette Œuvre depuis le jour où j'ai vu les premières planches qui en parlaient, j'avais à peine dix-sept ans, et depuis je n'ai jamais cessé d'acquérir des connaissances afin d'être prêt à en recevoir l'enseignement. La pierre philosophale ne se dévoile qu'à l'initié, pas à un élève. Même si je vous donnais la recette, vous ne parviendriez pas à faire de l'or, car la transmutation n'est pas seulement un phénomène physique, il faut qu'il y ait communion avec l'esprit, c'est pour cette raison que l'on appelle cet état l'Éveil.

Le roi fixait attentivement les pièces d'or qui reposaient sur le tissu blanc. Ce que lui disait Saint-Germain, il le savait déjà. Il avait lui-même fait des recherches, lu des traités philosophiques sur le sujet, et tous tenaient le même discours que le comte.

—Alors, continuez d'œuvrer pour moi.

Le comte retint un soupir. Il était épuisé, comme chaque fois qu'il procédait à l'opération.

—Je sais que lorsque je vous en ai fait la demande la première fois, il y a de cela des mois, vous avez accepté parce que vous ne vouliez pas déplaire à la marquise de la Rochefoucault. Par la suite, après son décès, j'ai bien compris que vous restiez par fidélité envers sa mémoire, et puis vous aviez besoin de comprendre, vos travaux n'étaient pas terminés, vous cherchiez à obtenir des résultats. Je sais également que l'or que vous parveniez à produire n'était pas pur, il vous manquait une étape dans le procédé. Vous avez donc songé au comte de Cagliostro, puisque la rumeur voulait qu'il soit, lui aussi, alchimiste.

Saint-Germain dévisagea le roi, abasourdi par ses révélations. Louis XV poursuivit :

—C'est l'union de vos connaissances qui a donné le résultat que nous voyons aujourd'hui. Le comte a quitté la France peu de temps après votre découverte. Il sillonne le monde, ne se fixant nulle part, comme s'il avait peur qu'on lui dérobe son secret. Mais vous, Henri-Philippe, que voulez-vous ? Souhaitez-vous partir ?

Surpris par la question du monarque, le comte prit le temps de réfléchir à sa réponse.

—D'où tenez-vous toutes ces informations, Majesté ?

—Vous semblez oublier, monsieur, que je suis le roi, répondit Louis XV en souriant.

L'alchimiste savait qu'il n'obtiendrait pas de réponse. Oui, il songeait à quitter la France, mais depuis la mort de la marquise, il avait perdu l'envie de voyager, l'envie de tout. Quelque part, il ne se décidait pas à s'éloigner d'elle. C'était à Chambord qu'elle était morte, ici même, dans ce laboratoire. Il avait l'impression qu'un fil invisible l'unissait à ces lieux, comme si l'âme de la marquise occupait l'espace.

—Je vais rester encore un moment, fit-il enfin. Je souhaite approfondir d'autres recherches, comme la nouvelle méthode de teinture que je désire mettre au point. Il y a aussi les expérimentations médicinales sur lesquelles je travaille depuis un moment, que j'aimerais appliquer sur des sujets vivants.

Le roi, satisfait, plaça sa main sur l'épaule de Saint-Germain. Un geste dont le symbolisme n'échappa pas au comte.

—Vous êtes ici chez vous, monsieur. Je serai ravi de connaître vos avancées dans ces domaines. Restez le temps que vous voulez et faites profiter la France de vos découvertes. Nous avons besoin de votre sagesse.

Lorsque Henri-Philippe se retrouva seul, quand le roi eut repris le chemin de Paris, il redescendit dans son laboratoire. Pendant un moment, il demeura immobile à regarder la pièce sans la voir. Il réfléchissait.

« Pourquoi suis-je incapable de quitter Chambord ? Si le roi m'avait dit de partir après l'expérience que je viens de faire, je l'aurais supplié de me laisser y vivre encore un peu. »

Sans chercher plus loin, il sortit un cahier dans lequel il inscrivait ses pensées et ses remarques, et il écrivit, cherchant dans les mots la réponse à ce mal qui l'habitait depuis des mois, depuis la mort de celle qu'il aimait.

11

Depuis l'automne, le nombre de soldats attachés à la surveillance du comte de Saint-Germain avait considérablement diminué. Le roi avait expliqué à son invité qu'il devenait difficile de justifier les coûts qu'engendrait la présence de ces hommes, ce que l'aristocrate comprenait fort bien. D'ailleurs, il préférait cela. Depuis l'épisode dans les égouts de Paris, il n'avait plus cette impression d'être suivi. Il ne se faisait pas d'illusions ; la volonté de son assassin de l'atteindre ne s'était certes pas éteinte, mais il ne ressentait plus ce danger qui planait au-dessus de sa tête comme par le passé. Bien qu'il se montrât prudent dans ses déplacements, le comte relâchait, lui aussi, sa garde. En ce début d'hiver, il se retrouva donc environné des quatre domestiques qui étaient à son service depuis son arrivée à Chambord, d'un garde forestier, de sentinelles qui avaient la lourde tâche de couvrir l'immense parc, de deux jeunes palefreniers costauds et de son fidèle secrétaire, Thierry, qui veillait au bien-être de son maître et à la bonne marche du château.

Le capitaine Pierre Diotte de Prévost, qui était toujours responsable de sa protection, passait son temps à voyager entre Paris et Chambord. Depuis la mort de la marquise, les deux hommes s'évitaient poliment. Le comte devinait toute la haine que le capitaine éprouvait pour lui, le tenant responsable du décès de Jeanne.

Henri-Philippe gardait pour lui ses émotions. La douleur qu'il ressentait était si intense qu'il la subissait sans rien dire, pour mieux s'engourdir. Depuis longtemps, il savait que le supplice de perdre quelqu'un que l'on aime s'atténue avec le temps, et qu'un jour, il ne reste que le regret d'être seul. C'était sa vie.

De temps en temps, Saint-Germain allait à Paris, quand l'envie lui prenait de rendre visite à Agopian, à Voltaire, à la marquise de Créquy et au Vénérable Maître, le comte de Clermont, avec qui il se découvrait de plus en plus d'affinités. Le noble assistait à des tenues maçonniques, même s'il appartenait à la Loge anglaise du rite ancien et accepté. Ainsi allait sa vie.

Ce fut au cours d'une escapade à Paris, alors qu'il se rendait au café Procope pour rejoindre Voltaire, qu'il vit se profiler sur le trottoir une silhouette qui ne lui était pas étrangère.

Il s'approcha, hésitant, presque intimidé.

—Vicomtesse…

La jeune femme se retourna aussitôt ; elle aurait reconnu cette voix parmi des milliers d'autres.

—Vous ! souffla-t-elle, le regard soudain plus pétillant.

Elle était délicieuse dans sa robe de satin rouge, les épaules drapées d'une étole de fourrure blanche. Saint-Germain tendit la main afin qu'elle y dépose la sienne. Il baisa le bout de ses doigts, sentant à travers le gant de daim rouge le frisson qui parcourut la jeune femme. Un homme âgé de trente ans à peine se tenait près d'elle.

—Monsieur le comte, laissez-moi vous présenter un ami, le duc Albert de la Motte... Albert, voici...

—Robert de Villiers, coupa le noble, un ami, ajouta-t-il en saluant avec respect le cavalier de Roxanne de la Fressange.

Puis, reportant son attention vers la vicomtesse, il s'aperçut qu'elle rougissait légèrement. Pour éviter d'entretenir le malaise plus longtemps, il lui demanda :

—Comment votre père se porte-t-il ?

—Sa santé s'améliore de jour en jour. D'ailleurs, il serait ravi de vous revoir, nous parlons si souvent de vous... Pourquoi ne viendriez-vous pas prendre le café demain après-midi ?

Le comte admirait sa fraîcheur, son aptitude naturelle au bonheur. Il acquiesça de la tête. Le jeune prétendant qui se trouvait toujours à ses côtés prit alors délicatement le coude de Roxanne, tandis que la vicomtesse remarquait le regard d'Henri-Philippe qui suivait le mouvement de son cavalier.

—Veuillez nous excuser monsieur de Villiers, mais nous nous rendions à l'opéra et nous risquons d'être en retard.

Elle plongea ses yeux bleus dans ceux du comte, en lui prenant la main.

—Venez demain, je vous en prie... Faites-moi ce plaisir.

Mais Saint-Germain se contenta de regarder le jeune couple s'éloigner.

Le lendemain matin, le comte de Saint-Germain fit envoyer une magnifique gerbe de fleurs au vicomte de la Fressange et à sa fille, s'excusant auprès d'eux de ne pouvoir leur rendre visite. Un empêchement le retenait hors de Paris.

Roxanne cacha sa profonde déception. Son père également.

Il était grand temps d'agir, cela n'avait que trop duré. Sa décision était prise. Le dernier attentat dans le parc même de Chambord était l'élément déclencheur de sa décision, trop longtemps repoussée.

Saint-Germain mettait de l'ordre dans ses papiers, consignait ce qui devait l'être et laissait ses dernières volontés, qui seraient notariées sitôt que son homme de loi arriverait en France. Il savait qu'il était possible qu'il ne revienne jamais.

Il avait atteint cet âge où l'on souhaite éclaircir les choses et où il devient nécessaire de faire le ménage dans son existence. Il y avait trop de zones d'ombre dans sa vie, il avait décidé de faire la lumière. Il partait. Seul.

Avant de quitter la France, il décida de voir une dernière fois Voltaire qu'il appréciait énormément. Il lui donna rendez-vous dans un jardin public. L'automne avait coloré de cuivre les feuilles des arbres et la fraîcheur chassait les habitués du parc. Les deux hommes auraient donc tout le loisir de discuter. Le comte révéla ses intentions à l'écrivain, ne se doutant pas un instant que celui-ci, par amitié et par crainte qu'il n'arrive quelque chose à Saint-Germain, confierait ses inquiétudes au grand maître de la Loge de France, le comte de Clermont. Ni que le franc-maçon en référerait à son tour au roi.

Henri-Philippe décida également de rendre une dernière visite à une autre personne afin de lui faire part de ses intentions. Il jugeait qu'il lui devait bien cela.

Le vicomte de la Fressange fut très heureux de le recevoir, il en fut même ému. Il l'accueillit comme s'il connaissait le comte depuis toujours, comme s'il avait été un membre de sa famille. Il va sans dire que Saint-Germain en fut ravi. Le vieil homme était en forme, bien qu'une tristesse permanente gravât les traits de son visage. Il avait parfois le regard qui s'égarait et alors, on devinait que ses pensées se tournaient vers son fils disparu.

—Vous avez changé, monsieur, dit le noble après un moment en lui tendant une seconde tasse de café, qu'il servait à l'orientale. Je devine que votre venue en France ne s'est pas faite sans heurts.

—Oui, je dois vous donner raison, j'ai vécu bien des émotions depuis mon arrivée ici, de celles qui laissent de profondes marques.

—Effectivement, votre présence aura marqué plus d'un destin. Et je ne parle pas uniquement de celui de mon fils, laissa tomber l'homme.

Saint-Germain n'osait soumettre un nom pour ne pas compromettre l'honneur de la jeune de la Fressange. Il attendit que son hôte poursuive sa pensée.

— Roxanne est très éprise de vous, vous le savez certainement, et cela, depuis l'instant où elle vous a vu, la pauvre…

— Vous m'en voyez sincèrement navré…

— Ne le soyez pas, monsieur, le coupa le vicomte. Vous n'y êtes pour rien. Vous savez comme moi que l'amour est capricieux, que nous ne décidons de rien dans ces affaires qui nous dépassent. Elle s'en remettra, elle est si jeune. Le temps est son principal atout. Tout compte fait, votre départ est certainement une bonne chose. Mais je me dois de vous dire que nous ne cesserons jamais d'espérer votre retour.

Il s'inquiétait des plans de Saint-Germain et il le pria de le tenir informé sitôt qu'il en aurait l'occasion.

— Ne risquez pas la mort alors que tant de gens ont donné leur vie pour que vous viviez.

— Vous savez, monsieur de la Fressange, je pense à eux à tous les instants et je ressens chaque fois une immense peine. Jamais je n'ai voulu de ce destin auquel on me vouait. Mais si je fais ce que je fais, c'est aussi pour que s'arrête enfin toute cette affaire. Je ne veux plus de meurtres, de sacrifices, de pleurs, de trahisons, d'attentats et de promesses, je veux en finir avec tout ça. Et si je ne reviens pas, eh bien, j'aurai tout de même réussi à mettre fin à cette histoire. Veuillez aviser les autres chevaliers François que je les relève de leur promesse insensée. Vous n'avez plus à veiller sur moi, je peux très bien le faire moi-même.

Le comte se leva et salua le chevalier avec respect.

— Vous avez fait ce qu'on attendait de vous, votre fils a payé de sa vie pour que vous puissiez finir vos jours en paix, ce que je vous souhaite, vicomte.

Présentez mes hommages à votre charmante fille, souhaitez-lui de ma part de vivre avec toute l'intensité dont elle est capable. Roxanne, monsieur, est exceptionnelle. Ne laissez personne la réduire au silence ni briser son âme.

Les deux hommes se firent l'accolade en guise d'adieu.

Henri-Philippe referma la porte du petit salon où il avait passé un moment avec le vicomte de la Fressange et s'engageait dans le couloir pour quitter la demeure lorsqu'il découvrit Roxanne, immobile, qui le regardait venir vers elle. Il lui sourit avec tristesse.

— Vous partez, monsieur ?

— Oui. Je quitte la France, Roxanne.

— Et vous comptiez partir sans me dire au revoir ?

— J'espérais, effectivement, ne pas vous revoir, car je sais le mal que je vous fais. C'est mieux ainsi, vicomtesse.

— Vous croyez ?

Son ton se voulait sévère.

— Quand reviendrez-vous ?

— Je l'ignore, j'ignore même si je vais revenir.

Elle s'approcha de lui et prit sa main qu'elle porta à ses lèvres.

— Emmenez-moi avec vous, je vous en supplie.

— Non.

Elle le fixa avec intensité. Leur silence était lourd de confidences.

Malgré lui, Henri-Philippe lui caressa la joue avec douceur, regrettant presque aussitôt son geste.

— Petite fille, vous serez plus heureuse sans moi, croyez-moi.

—Aimez-moi une dernière fois, monsieur le comte.

La jeune femme l'attira à sa suite jusqu'à ses propres appartements, situés au rez-de-chaussée. Le comte la suivit, troublé. Il savait qu'il devait quitter l'endroit, mais il avait envie de goûter son corps une ultime fois. Cette femme avait quelque chose d'envoûtant, il ne parvenait pas à lui résister. Il avait l'impression que sa jeunesse, sa beauté et son âme étaient un baume à appliquer sur le vide qui l'habitait en permanence depuis les événements des derniers mois. Sans qu'un seul mot soit échangé, ils commencèrent à se dévêtir. Saint-Germain était déjà rongé de remords, mais il continuait de déboutonner son pourpoint, ignorant sa morale qui lui dictait de fuir. L'attirance qu'il éprouvait pour Roxanne était plus forte encore que la voix de sa conscience. Il savait que ce qu'il faisait était incorrect, mais il était prêt à affronter les feux de l'enfer pour la posséder une dernière fois. Il avait faim de ce corps, de cette faim dont on n'est jamais repu et qui prend le contrôle de notre raison. La chemise entrouverte sur son torse, il s'approcha d'elle. Elle lâcha sa robe qui glissa à ses pieds. Il la contempla un instant, puis lui embrassa les épaules, le cou, et enfin les seins. Il la voyait en pleine lumière, elle était magnifique et sensuelle. Roxanne le fixait intensément, amoureuse. Elle s'abreuvait de lui, car elle savait qu'elle ne le reverrait pas. Elle se donna au comte comme jamais elle ne le ferait plus. Elle n'aimerait personne d'autre avec autant d'intensité, c'était impossible.

En s'éloignant de Paris, le comte de Saint-Germain se retourna une dernière fois pour regarder la ville. Il songea à la jeune femme qu'il venait de laisser et qui faisant semblant de dormir au moment où il avait quitté sa chambre.

—Adieu, Roxanne.

12

E N CE MOIS D'OCTOBRE 1759, le cavalier solitaire
avait quitté l'auberge à l'aurore, au moment où le
paysage se teintait de bleu et que la rosée recouvrait la
nature. Un léger brouillard se refermait sur lui,
comme pour effacer son passage. L'homme était chaudement vêtu d'une longue cape de laine bouillie. La
traversée des montagnes de ce coin de pays était rude.
Les Carpates n'avaient rien d'invitant et ceux qui s'y
aventuraient avaient toujours une bonne raison d'emprunter ces routes. Sa tenue de voyage, bien que
chaude et de qualité, se voulait discrète et sans préten-
tion. Il avait appris depuis longtemps que lorsque l'on
sillonnait les routes du monde, il fallait taire son statut,
à moins de tenir à se faire détrousser. Un bon voya-
geur était celui qui se faisait invisible en se fondant au
paysage local. Saint-Germain avait sciemment choisi
de partir seul. Il en avait pris l'habitude le jour où il
avait quitté l'Inde, alors qu'il n'était âgé que de vingt
et un ans.

Le comte ne craignait pas les crapules. Il savait se
défendre quand le danger se trouvait en face de lui
et que les intentions des mécréants étaient claires,

comme cela avait été le cas dans la forêt de Chambord alors que des brigands avaient tenté de le tuer, peu de temps auparavant. Il appréhendait par contre les attaques-surprises. C'était pour cette raison qu'il portait un pistolet sur lui en permanence.

Embarqué en Allemagne à bord du *Wolf Donau* qui descendait le Danube jusqu'en Transylvanie, en passant par l'Autriche et la Hongrie, Saint-Germain espérait vite atteindre son but et régler cette affaire une bonne fois pour toutes. Mais lorsqu'il arriva aux Portes de fer au nord-est de la Serbie, il dut revoir ses plans ; le bateau à bord duquel il naviguait devait rester à quai pour un temps indéterminé.

L'entrée de cette gorge du Danube était gardée par une forteresse appelée Golubac. C'était l'accès vers les Carpates et les maîtres de cette citadelle contrôlaient le trafic fluvial en taxant librement les marchandises. Le capitaine du *Wolf Donau* refusait de payer un impôt sur quelques caisses qu'il transportait, puisque leur contenu était d'ordre privé et non commercial. Le vaisseau dut donc rester amarré au port le temps que le commissaire revienne de Bozevac et que l'affaire se normalise... Les quelques voyageurs à bord prirent leur mal en patience et décidèrent de descendre à terre pour trouver refuge dans une auberge en attendant que le problème soit réglé.

Saint-Germain, impatient et peu désireux de faire du tourisme, décida pour sa part de poursuivre la route en traversant les Carpates à cheval. Il avait prévu faire le trajet le plus rapidement possible jusqu'en Carei, où il savait que son demi-frère résidait la majeure partie du temps. Il ne s'arrêtait que pour dormir et manger un morceau. Seul, il ne pouvait s'attarder longtemps en chemin et d'ailleurs il n'en avait nulle envie. Il en avait assez de ces attentats dont il était la cible, de ce climat de peur où on cherchait à le maintenir et, surtout, de cette menace qui planait au-dessus des gens de son entourage. Il fallait que cela cesse. Saint-Germain filait à bride abattue, appréciant par le fait même son indépendance retrouvée. Cette sensation de liberté l'apaisait, lui faisait du bien. Chevaucher ainsi lui permettait de faire le vide. La dernière année n'avait pas été facile, surtout depuis la mort de la marquise. La douleur, même plus d'un an après, était encore parfois insupportable. Et malgré tout l'amour qu'il lui portait, il lui en voulait toujours pour cet acte insensé qu'elle avait commis. Il était furieux contre elle, furieux contre lui-même, même après tout ce temps. Il se demandait très souvent à quel moment il parviendrait à faire la paix avec la violence de ses émotions, bien qu'il n'en parlât jamais. Les rares moments où il n'y pensait pas ne duraient guère. Chaque fois, un détail venait lui rappeler celle qu'il avait perdue, le replongeant dans sa douleur. Alors, il se mettait hors de lui et maudissait la vie de lui arracher ceux qu'il chérissait. Il lui fallait des jours avant de parvenir à retrouver un peu de calme. C'était une des raisons pour lesquelles il avait fui la jeune vicomtesse de la Fressange. Il refusait qu'elle souffre à cause de lui ou pire encore, qu'elle se fasse tuer comme son frère.

Ses réflexions s'entrechoquaient au rythme des pas de son cheval lorsqu'il arriva à un étroit sentier escarpé serpentant au flanc d'une montagne. Ce passage à peine plus large que la longueur d'un bras d'homme avait été taillé à même la pierre et l'on ne pouvait l'emprunter qu'en enfilade. Il fit arrêter son cheval, mit pied à terre et lui caressa le cou tout en évaluant les difficultés du chemin. Il se pencha légèrement au-dessus du vide pour constater que la profondeur du ravin était vertigineuse.

— Pfff! siffla-t-il. Mais nous n'avons guère le choix. Reprendre la route tracée serait, certes, plus facile et moins dangereux, mais beaucoup trop long. Il n'en est pas question! Par ici, nous serons plus rapidement à Brasov et ensuite, la route jusqu'à Carei sera moins accidentée.

Il hésita un instant, regarda son cheval en le tapant affectueusement sur le flanc, puis reporta son regard sur l'étroite piste.

— Bon, allons-y...

Il prit les rênes de l'animal et se dirigea à pied vers le sentier creusé dans le roc. Il en avait pour une bonne heure sur ce chemin. Car une fois qu'on s'y hasardait, on ne pouvait qu'aller jusqu'au bout. Il était impossible de rebrousser chemin, l'étroitesse du sentier ne permettant pas à un cheval de se retourner. Il ne pouvait qu'avancer. Et c'était bien ce qu'il souhaitait. Ce voyage solitaire lui permettait de faire le point sur les deux années passées en terre de France. Ce qu'il en conservait tenait principalement à ses souvenirs de la marquise de la Rochefoucault. Elle resterait longtemps encore dans ses pensées. On ne remplace pas une telle femme. Roxanne était merveilleuse, sa fraîcheur avait charmé Henri-Philippe. Toutefois, elle n'était pas Jeanne et ne la remplacerait jamais. Malgré cela, il voulait la protéger. Une si délicieuse jeune femme ne pouvait porter un aussi lourd fardeau.

Par ailleurs, sa collaboration avec le comte de Cagliostro avait été des plus fructueuses. Ensemble, ils étaient parvenus à percer le secret de la pierre philosophale. Ils avaient enfin découvert ce qui faisait que l'or était or, dans toute sa pureté, ils avaient atteint l'œuvre au rouge. L'Italien avait, à la suite de cela, remercié et salué son égal avant de quitter Paris. Depuis, Saint-Germain ne l'avait pas revu, et c'était bien ainsi.

Il se doutait que l'aventurier avait quitté la France, puisque des rumeurs couraient à l'effet qu'Alessandro était recherché par le tribunal de l'Église catholique romaine, l'Inquisition.

La Sacrée Congrégation de l'Inquisition romaine avait, depuis quelque temps, pris les francs-maçons en grippe, principalement ceux qui avaient le malheur d'exercer l'alchimie, et qui, de surcroît, n'étaient pas croyants. Il y avait là, selon elle, tous les éléments permettant d'affirmer que ces gens étaient de connivence avec le Mal, avec celui contre qui l'Église se battait depuis le début de l'humanité : Satan. La nouvelle chasse aux sorcières se répandait en Europe comme une traînée de poudre, particulièrement au Portugal et en Espagne. N'eût été la position de pouvoir de certains francs-maçons, la confrérie aurait certainement disparu comme ses lointains alliés, les templiers.

Saint-Germain devait demeurer sur ses gardes. Il était considéré comme un hérétique et l'alchimie était perçue comme un acte de sorcellerie. D'autant plus qu'il ne cachait pas son athéisme.

— Ces fous de Dieu mélangent tout ! marmonna-t-il en continuant d'avancer, se fondant aux paysages magnifiques, mais si sauvages des Carpates.

Il ignorait ce qui l'attendait à Carei, mais nulle appréhension n'aurait su l'arrêter. Il ajusta son col. Le vent froid s'engouffrait dans le profond ravin pour remonter le long des parois. Le ciel était dégagé et le soleil encore chaud. Le comte espérait ne pas voir la neige avant d'avoir quitté les montagnes. Le rythme de ses pas et la cadence de son cheval le plongeaient dans un état contemplatif. Il avait l'impression de se détacher des événements qui avaient si lourdement marqué sa vie depuis plusieurs mois. Il prenait enfin du recul.

Ce fut alors qu'une profonde solitude l'envahit. Il aurait donné son âme pour sauver celle de Jeanne.

13

L'AMBASSADEUR Vlad Balanesco Zidar, assis à son
bureau, soupesa la lettre qu'il venait tout juste de
recevoir. Il y avait plus d'un an maintenant qu'il était
de retour en Transylvanie, dans la ville de Kolozsvàr,
où il devait régler quelques pourparlers diplomatiques
ayant trait aux langues officielles. Cette mission l'in-
différait au plus haut point. L'homme ne souhaitait
qu'une chose, rentrer au plus vite en France. Il avait
l'impression qu'on l'avait envoyé traiter avec les
défenseurs du *rumâniască* afin de l'éloigner de Paris. Il
ne comprenait pas ce qu'il faisait là, cette affaire ne
nécessitait pas quelqu'un de sa compétence, n'importe
qui aurait pu diriger ces conciliabules. La princesse
Lorantffy Susanna, sa cousine, cherchait-elle à l'éloigner du comte de Saint-Germain à dessein ? Les
Ràkoszi subissaient-ils des pressions ? L'ambassadeur
avait la nette impression qu'il se passait quelque chose
dans les coulisses du pouvoir et qu'on ne l'en tenait
pas informé. Ces mois à contenir son ressentiment
envers le comte le plongeait chaque jour un peu plus
dans une haine viscérale. Il devenait maussade et

buvait de plus en plus. Il n'était pas rare que l'ambassadeur ne se présente pas aux rencontres prévues.

Il entreprit de lire la lettre. Elle provenait de son complice, toujours au fait de ce qui se passait dans la vie du comte de Saint-Germain. Il espérait recevoir la bonne nouvelle, celle qui viendrait balayer d'un coup ces mois d'inaction: la mort du fils de cette catin d'Aude Bérengère von Holtzendorff. Voilà ce qu'il souhaitait apprendre par ce pli.

Zidar avait soigneusement échafaudé un autre attentat qui, cette fois, devait passer pour un vol. Du classique, avait-il dit à son second. Il parcourut rapidement les premières lignes de la missive. Lentement, ses jointures changèrent de couleur. Il frappa un grand coup du plat de la main sur son bureau.

— Rrrr! gronda-t-il. Ce n'est pas vrai! Quelle poisse!

Il avait cru si fort que son plan marcherait cette fois-ci qu'il fut abasourdi de découvrir le contraire dans ces quelques lignes manuscrites. Sa tentative se soldait encore par un échec. Pourtant, il connaissait les qualités de son collaborateur, il le payait suffisamment cher! Autrefois, il avait toujours parfaitement réussi ses missions, ce qui justifiait amplement le salaire qu'il exigeait. Mais il allait depuis quelque temps d'échec en échec…

Monsieur,

Je vous informe que notre ami nous a encore une fois glissé entre les doigts. Je le suivais depuis un moment déjà et j'avais prévu l'endroit exact où il rencontrerait son Créateur, mais les gens que nous avions embauchés ont échoué comme des novices. Il semble que notre homme est parvenu à maîtriser nos trois larrons, qui sont depuis, fers aux pieds, enfermés à la Bastille en attendant d'être jugés. Devant cette nouvelle défaite, j'ai donc décidé de me charger personnellement de cette affaire qui n'a que trop duré. J'ai pris connaissance des habitudes du château et j'étais prêt à m'introduire dans les appartements du comte, lorsque j'ai découvert que le gredin avait quitté Chambord depuis deux jours, et qu'il se dirigeait, tenez-vous bien, vers la Transylvanie! Selon les informations que j'ai obtenues, il serait en train de descendre le Danube. Je n'ai malheureusement pas d'autre renseignement à vous communiquer. J'ignore comment il compte poursuivre son périple et quelle route il empruntera. L'homme voyage seul, ce qui rend difficile toute fuite d'informations. Souhaitez-vous que je me lance à sa suite? Je demeure, monsieur, à vos ordres, et dans l'attente de vos nouvelles.

Veuillez recevoir mes salutations les plus distinguées.

L'ambassadeur releva les yeux de la lettre, songeur.

— Ce Saint-Germain est en train de me rendre fou! murmura-t-il, le front froissé de hargne. Ce pli a certainement mis trois semaines avant de me parvenir, ce qui veut dire que Saint-Germain est déjà en Transylvanie.

On frappa à la porte.

— Oui? hurla-t-il.

— Monsieur l'ambassadeur, vous êtes attendu chez l'intendant.

Balanesco Zidar se leva, non pas pour se rendre chez l'intendant avec qui il avait rendez-vous, mais plutôt pour quitter les lieux. Il avait besoin de réfléchir en toute liberté, loin de ses fonctions et de ses engagements si dénués d'intérêt. Il sortit dans la cour intérieure de la résidence qu'il occupait depuis son arrivée à Kolozsvàr et demanda que son cheval soit sellé sur-le-champ. Lorsque la magnifique bête, un pur-sang arabe de couleur noire, fut prête, il la monta et s'élança au galop, enfonçant avec violence ses talons dans les flancs de l'animal qui émit un hennissement.

— Qu'il aille au diable, cet intendant! lança le diplomate.

L'homme se dirigea vers les bas quartiers de la ville, là où il pourrait laisser libre cours à sa nature. Le vrai Balanesco Zidar pourrait enfin s'exprimer sans se soucier de ce que les gens penseraient de lui. Il pourrait même, s'il le voulait, demander les services d'une ribaude sans avoir à lui rendre de comptes, ni à elle ni à personne. Ce n'était certainement pas une putain qui lui demanderait de l'épouser parce qu'il avait de nobles attentions envers sa personne. Les aristocrates qu'il fréquentait l'exaspéraient au plus haut point avec leur fausse pudeur. Elles jouaient les prudes, alors qu'il savait très bien qu'elles n'hésitaient pas à s'offrir sans vergogne à tout personnage haut placé. Il jugeait leur fréquentation hypocrite; les belles cherchaient à connaître son état et celui de ses finances avant de se laisser embrasser. Jamais une fille de joie ne s'enquérait de ce que vous étiez ou de votre rang. Vous aviez la pièce pour payer ses services et c'était là la seule entente valide. De plus, les gracieuses n'étaient pas farouches, elles se prêtaient à toutes les demandes de leurs clients, ce qui était loin d'être le cas des femmes qu'il côtoyait dans la bonne société. C'était pour cela qu'il ne s'était encore jamais marié. Il préférait la compagnie des prostituées à celle de ces pies aux manières de saintes nitouches.

Zidar entra dans une auberge qu'il fréquentait assidûment depuis son arrivée dans la ville. Lorsque le patron le vit passer la porte, il le salua en lui criant :

— La même chose que d'habitude, mon seigneur ?

Sans même répondre, l'ambassadeur se dirigea au fond de la taverne, là où il savait qu'il aurait la paix. Il avait besoin de réfléchir. Lorsqu'il reçut son vin, il en avala une première coupe, d'un trait, avant de se resservir. Il pouvait maintenant se pencher sur l'objet qui occupait ses pensées depuis des mois : le comte Henri-Philippe de Saint-Germain.

L'aristocrate avait pris, au fil du temps, une grande importance dans sa vie. Trop grande peut-être, puisque l'ambassadeur en était complètement obnubilé. Il avait développé une si profonde haine envers le noble qu'elle était devenue obsessionnelle, voire illogique. Plus rien ne pouvait désamorcer son envie de le voir disparaître. Avec le temps, le comte était devenu celui qui devait mourir. Il devait être éliminé.

« Où galopez-vous ainsi, monsieur le comte ? Vers votre destin ? Croyez-vous que l'on vous cédera la couronne de Transylvanie uniquement parce que vous la demandez ? »

Il ne fallait pas être devin pour comprendre que le comte était en route pour Carei et qu'il allait certainement chercher à entrer en contact avec le prince Gyorgy. Mais une fois là-bas, que prévoyait-il faire? Le renverser? Il ne saurait en être question, à moins qu'il chevauche vers la Transylvanie avec une armée, ce qui était peu probable.

«S'il se rend auprès du prince, il essaiera de s'en approcher sans attirer l'attention. Je doute qu'il cherche à se faire annoncer... Mais une fois sur place, tentera-t-il de l'assassiner? Non, un homme tel que Saint-Germain n'écarte pas de cette façon ceux qui se trouvent sur sa route. Il est plus subtil, plus raffiné. Je le crois rusé... Seul, sans avoir l'air menaçant, il peut approcher le prince grâce à sa réputation. Gyorgy apprendra qu'il a été reçu à la cour de France et que Louis XV le tient en haute estime, ce sera là son sauf-conduit jusqu'à lui... Oui, c'est certainement ce qu'il compte faire, il cherchera à approcher notre souverain... Mon Dieu, je dois agir. Saint-Germain compte renverser son frère et prendre le trône, j'en suis convaincu. Voilà qu'il montre enfin ses réelles intentions... J'en étais sûr!»

—Je dois agir et vite, répéta-t-il à voix haute.

Il se leva brusquement, renversant sa chaise. Le bruit de sa chute se répercuta dans toute la taverne. Les quelques clients attablés jetèrent un coup d'œil dans sa direction, mais les regards ne s'attardèrent pas. On se mêlait de ses affaires dans ce genre d'endroit si l'on ne voulait pas avoir d'ennuis.

Lançant une pièce de monnaie au tavernier, l'ambassadeur quitta les lieux en pressant le pas. Dehors, il enfourcha son cheval qu'il poussa en direction de son logis. Il quitterait Kolozsvàr et ses stupides pourparlers, sans même prendre le temps de prévenir sa cousine Lorantffy Susanna Ràkoszi ni qui que ce soit d'autre. L'urgence justifiait sa décision.

« Ils comprendront et me remercieront d'avoir su reconnaître l'usurpateur qui cherche à jeter à bas du trône de notre pays notre très aimé prince Gyorgy... »

14

« **A**H, CAPITAINE! On m'informe que le comte de Saint-Germain a quitté Chambord il y a maintenant deux jours, est-ce exact?», demanda le roi de France alors que son officier venait de le rejoindre dans la galerie des Glaces, à Versailles.

Le roi l'avait fait quérir avant de se rendre à une importante rencontre avec ses ministres et quelques ambassadeurs.

—C'est vrai, Votre Majesté. Mais ce n'est pas la première fois que cela arrive. Le comte disparaît très souvent quelques jours, sans dire à qui que ce soit où il va.

—Je crains, monsieur Diotte de Prévost, que cette fois-ci, le comte n'ait pas fait une simple escapade. Selon mes renseignements, au moment où je vous parle, il est en route pour la Transylvanie.

—Vous dites? s'écria le capitaine, abasourdi, oubliant qu'il s'adressait au roi de France.

Le monarque ne releva pas cette familiarité, se contentant de regarder l'officier avec détachement.

—Je veux, capitaine, que vous vous lanciez à sa poursuite et que vous le rameniez en France, de gré ou de force. Il est hors de question, par les temps qui courent, que nos liens avec la Transylvanie soient le moindrement ébranlés. Vous me comprenez ?

Pierre Diotte de Prévost opina de la tête en effectuant un léger salut à son souverain, tandis que ce dernier était rejoint par le duc de Choiseul, qui venait lui annoncer le début imminent d'une rencontre. L'officier intercepta le regard du vice-roi. Il semblait contrarié. Le bruit courait que l'homme avait bien mal pris le fait qu'un simple capitaine eût été mis au courant de certaines choses, et que le roi l'eût volontairement écarté d'une affaire en lien avec le comte de Saint-Germain. Le duc souffrait de la méfiance que lui témoignait Louis XV.

Le roi et le duc prirent congé du capitaine et s'éloignèrent, laissant Diotte de Prévost à ses questions et, surtout, à ce sentiment de lassitude envers tout ce qui touchait le comte, de près ou de loin. Il en avait plus qu'assez de cet homme qui n'en faisait qu'à sa tête et qui se souciait si peu des autres. L'ami de la marquise de la Rochefoucault avait fini par surmonter son deuil et bien qu'il parvînt de nouveau à vivre, même si ce n'était pas tous les jours facile, il n'arrivait pas encore à pardonner à Saint-Germain. N'eût été la demande royale, il aurait abandonné l'homme à son sort, et peu importe ce que le destin lui réservait !

«Allez au diable, Saint-Germain!», songea le capitaine en quittant Versailles.

15

C'est dans l'asile des criminels, dans le cachot de l'Inquisition, que votre ami trace ces lignes qui doivent servir à votre instruction. En songeant aux avantages inappréciables que doit vous procurer cet écrit de l'amitié, je sens s'adoucir les horreurs d'une captivité aussi longue que peu méritée... J'ai du plaisir à penser qu'environné de gardes, entravé de fers, un esclave peut encore élever un ami au-dessus des puissants, des monarques qui gouvernent ce lieu d'exil.

Vous allez pénétrer dans le sanctuaire des sciences sublimes, ma main va lever pour vous le voile impénétrable qui dérobe aux yeux du vulgaire le tabernacle, le sanctuaire où l'Éternel déposa les secrets de la nature, secrets qu'Il réserve à quelques êtres privilégiés, aux élus que Sa toute-puissance créa pour planer à Sa suite dans l'immensité de Sa gloire, et détourner sur l'espèce humaine un des rayons qui brillent autour de Son trône d'or... [1]

---

1. Extrait de *La Très Sainte Trinosophie* écrit par le comte de Saint-Germain, au xviiie siècle. Le livre fut saisi par l'Inquisition en 1789. Il se trouve, aujourd'hui, à la bibliothèque de Troyes.

Saint-Germain était enfermé depuis près de trois semaines dans une cellule dont le confort se réduisait au strict minimum : une paillasse qui n'avait pas vu de paille fraîche depuis des lustres ; un seau d'aisance et un soupirail pour la lumière, avec en prime un peu d'air frais.

Il baignait dans la crasse de tous ceux qui étaient passés là avant lui, qui avaient fait leurs besoins dans ce même récipient, et qui avaient pleuré et imploré leurs geôliers de les laisser sortir en clamant leur innocence. Il devinait les confidences que les murs avaient reçues et qui s'étaient agglomérées à la poisse qui les couvrait.

Saint-Germain n'était plus un homme respecté. Il ne faisait plus l'admiration des autres et ne représentait plus la richesse, il n'était plus qu'un citoyen enfermé comme un vulgaire malfrat, et bien que ses conditions de détention fussent difficiles, elles n'étaient pas les pires. Car même s'il était un prisonnier, il demeurait un noble, et pas n'importe lequel. On lui avait laissé ses vêtements, ses effets personnels dont sa sacoche avec ses précieuses fioles, et sa cape, qu'il appréciait tout particulièrement. Le froid et l'humidité légendaires de ces geôles avaient souvent raison des plus costauds…

Dès son arrestation, alors qu'il venait tout juste d'arriver dans la ville de Brasov, il avait revendiqué dans la langue du pays une audience avec ses juges et réclamé à maintes reprises le droit à une défense. Et surtout, il exigeait de connaître les raisons de sa détention entre les murs moisis de cette forteresse moyenâgeuse.

Mais les geôliers ne faisaient qu'obéir aux ordres. Ils n'étaient, évidemment, au courant de rien.

Après près d'une semaine de solitude et de silence, le comte avait réclamé une bougie, du papier et un crayon, et sa demande avait finalement été acceptée quelques jours plus tard. Il ne pouvait communiquer avec personne. Il lui était donc impossible d'espérer écrire des lettres à quiconque tant et aussi longtemps qu'il ne serait pas passé devant un tribunal. De ce fait, il avait entrepris de rédiger ses mémoires qu'il intitulait *La Très Sainte Trinosophie*.

Il n'avait toujours pas pu établir comment les soldats de l'Inquisition avaient su où il se trouvait. Il n'y avait que quelques heures seulement qu'il était arrivé à Brasov, et il avait pris une chambre dans une auberge avec le désir pressant de prendre un bain, de manger un bon repas chaud et de dormir une nuit complète dans un lit, avant de reprendre la route le lendemain.

Il venait de s'attabler devant un plat fumant composé de lard, de chou et de pommes de terre lorsque six hommes armés se présentèrent à lui.

—Êtes-vous monsieur Henri-Philippe de Saint-Germain?

Se faire appeler par son nom dans une auberge perdue quelque part dans les Carpates, par des soldats aux couleurs de l'Inquisition, l'avait saisi d'étonnement. C'était ce qui l'avait privé de proférer *in extremis* un quelconque mensonge pour se tirer de ce guêpier, qu'il devinait inquiétant.

—Oui, c'est moi. Que puis-je pour vous, messieurs?

— Veuillez nous suivre, monsieur, au nom de notre sainte mère l'Église, ordonna l'homme.

Il lui était impossible d'affronter seul six hommes armés pour tenter de fuir. Il se leva donc et ramassa ses effets en jetant un regard d'envie au plat chaud que venait de déposer devant lui la femme de l'aubergiste.

— Dites-moi, mes braves amis, puis-je prendre ce plat ? Je n'ai pas mangé chaud depuis des jours. Je vous en supplie.

L'un des gardes tourna la tête vers celui qui devait être le capitaine, qui répondit d'un bref hochement de tête. Saint-Germain attrapa le bol, la cuillère et la miche de pain pour emporter le tout, en laissant quelques piécettes sur la table.

Mais la patronne se braqua devant les hommes qui s'apprêtaient à sortir.

— Un instant, mes bonshommes ! Il ne va tout de même pas partir avec mon écuelle ! Et puis quoi encore !

— Laisse faire, veux-tu, matrone, j'te les rapporterai, moi, ton bol et ta cuillère, quand il aura terminé.

Sans un mot, la femme s'écarta pour les laisser passer, suivant Saint-Germain du regard. Le comte lui adressa son plus charmant sourire, mais il perçut dans ses yeux une froideur peu ordinaire.

Les gardes l'escortèrent jusqu'à la forteresse, probablement érigée par les chevaliers teutoniques. Ils refermèrent la lourde porte de métal de son cachot derrière lui. Depuis, il n'en était pas ressorti. Cela faisait des jours et des jours, si bien qu'il commençait à désespérer de revoir la lumière du soleil.

—Personne ne sait que l'on m'a enfermé ici, soupira-t-il en se passant la main sur les yeux. Si au moins je pouvais faire parvenir un message à Thierry... Il se doutait bien des raisons derrière cette arrestation. Il était là à cause des *Domini canes*, et il allait subir un procès, car il était franc-maçon et alchimiste. Deux fautes graves aux yeux de l'Inquisition. Ces gens savaient-ils également qu'il n'était pas croyant, du moins qu'il ne croyait pas en un fils de Dieu envoyé sur Terre pour expier nos péchés? Qu'il ne croyait pas à ces Saintes Écritures rédigées par des hommes?

«Aucune religion ne vaut la peine que l'on souffre pour elle, aucun Dieu ne vaut que l'on tue en son nom, sinon quel exemple est-il? Quel père exigerait de son enfant l'abnégation de son être, de ses rêves et de son sexe, si ce n'est un père égoïste et centré sur lui-même? Un mauvais père! Je n'en veux pas pour mien.»

Voilà ce que pensait le noble de la religion.

Il avait tant voyagé, avait vu tant de choses et connu un si grand nombre de déesses et de dieux pour lesquels de nombreux fidèles sacrifiaient leur vie.

«Pourquoi l'homme a-t-il besoin de se faire souffrir autant, de se punir aussi sévèrement?»

Il écrivait ses pensées, couchait sur les pages blanches ses observations, conclusions et déductions, en attendant justement de passer devant un jury composé d'hommes qui se croyaient au-dessus des lois de l'univers.

—Ces hommes sont dangereux, dit-il, se parlant à lui-même.

Il repensa à la mise en garde du roi de France.

—Vous êtes de ceux que l'Église cherche à réduire au silence, à une autre époque, vous auriez fini sur le bûcher !

—Fort heureusement, l'Église ne brûle plus les honnêtes gens… De plus, je suis riche et je me moque des pratiques de l'Inquisition et des amendes qu'elle exigea.

—Vous êtes intouchable, avait ajouté le monarque, plusieurs n'ont pas cette chance, croyez-moi !

—C'est étrange comme ce mot prend une autre signification ici. Chez moi, en Inde, les Intouchables sont les impurs, les proscrits de la société, la caste inférieure. Ici, c'est le contraire, on les respecte, on les craint… Il y a peut-être un lien à faire entre les deux…

Le roi l'avait regardé, incertain de comprendre ce que sous-entendait son invité dans cette dernière phrase.

—Intouchable, oui… certainement ! murmura-t-il en jetant un regard à la cellule où il croupissait depuis maintenant des semaines.

Louis XV savait-il où il se trouvait ?

Saint-Germain ignorait qui l'avait envoyé croupir entre ces murs, mais il était évident que quelqu'un avait informé les dominicains de sa présence en Transylvanie…

Un bruit de clef le tira de ses réflexions, suivi du grincement d'une lourde porte. Un gardien bâti comme un mur entra et d'un signe de tête lui montra la sortie. Le comte se redressa, ajusta ses vêtements malgré la saleté qui les recouvrait, avant d'obéir au géant.

Ils empruntèrent un long couloir puis montèrent plusieurs volées de marches, jusqu'à ce qu'enfin ils pénètrent dans une salle dépouillée d'artifices. Au milieu se trouvait une grande table de réfectoire derrière laquelle étaient assis quatre hommes au visage austère : un plus âgé, deux individus dans la quarantaine, et un jeune qui venait certainement de prononcer ses vœux et qui ne devait pas avoir vingt ans. Ils étaient tous vêtus de la traditionnelle tenue noire et blanche des membres de l'ordre des prêcheurs, ceux que l'on appelle les dominicains.

— Monsieur le comte Henri-Philippe de Saint-Germain, je vous salue. Je suis Jean d'Harcourt, frère supérieur des frères prêcheurs. Veuillez vous avancer, je vous prie, lança celui qui se trouvait à l'extrême droite et qui était le plus âgé. Connaissez-vous les raisons pour lesquelles vous vous trouvez ici, devant le tribunal de la Sacrée Congrégation de l'Inquisition romaine et universelle ?

Le noble eut un léger rictus qui se perdit, fort heureusement, dans sa barbe qui avait beaucoup poussé en trois semaines. Malgré un manque d'hygiène évident et la saleté de ses vêtements, l'homme ne perdait rien de sa prestance.

— J'ignore, messieurs, les raisons pour lesquelles je suis ici. Je dois vous avouer qu'il me tarde de les connaître, répondit-il. Il y a des semaines que je me trouve dans un cachot dans lequel vous n'oseriez même pas entrer et j'ignore totalement pour quelle raison on m'y a enfermé ! Les conditions de ma détention sont inadmissibles. Savez-vous qui je suis ? De quel droit me gardez-vous prisonnier ?

Saint-Germain tentait de contrôler la colère qui faisait vibrer sa voix.

—Je réclame le droit à un défenseur et je veux pouvoir avertir mes proches de l'intolérable situation dans laquelle je me trouve.

—Il est vrai, monsieur, que les cellules de cette forteresse ne sont pas très accueillantes, mais elles sont les seules dont nous disposons. Vous nous voyez sincèrement désolés des conditions dans lesquelles vous êtes retenu ici. Cette situation ne saurait se prolonger si vous acceptez de collaborer. Votre liberté ne dépend que de vous.

Le message était on ne peut plus clair : s'il ne coopérait pas, il passerait encore un moment entre ces murs. Il se pinça les lèvres pour ne pas leur jeter au visage tout le bien qu'il pensait d'eux. Il était fait comme un rat. S'il voulait sortir, il devait leur dire ce qu'ils souhaitaient entendre. Il était hors de question d'espérer de l'aide extérieure, puisque personne ne savait où il se trouvait.

—Et nous comprenons fort bien que cet inconfort vous place dans un état de grande contrariété et vous conduise à dire des choses qui pourraient dépasser votre pensée. Mais monsieur, ne nous emportons pas. Nous sommes entre gentilshommes, n'est-ce pas ?

« Gentilshommes, bien sûr, c'est pour cela qu'ils ne m'invitent pas à m'asseoir, mais me laissent plutôt debout comme un scélérat dont le statut ne vaut même pas une chaise ! », songea Henri-Philippe en fixant le religieux avec mépris.

—Monsieur, commençons, je vous prie. Nous savons pertinemment qui vous êtes, soyez-en assuré, et nous savons également ce que vous êtes, poursuivit le dominicain sans s'arrêter plus longtemps aux récriminations de son prisonnier. Si vous répondez à nos questions, vous recouvrerez votre liberté très rapidement. Nous vous donnons notre parole.

— Et que voulez-vous savoir exactement, puisque vous venez de dire que vous savez qui je suis et ce que je suis?

— Nous cherchons à établir quelques faits sur certaines de vos activités.

— De quelles activités s'agit-il au juste?

L'un des moines, celui qui servait de secrétaire et se chargeait de rédiger le procès-verbal, tendit un feuillet au prieur qui interrogeait le détenu. L'homme le consulta un instant.

— Voyez-vous, monsieur le comte, nous avons ici quelques raisons de croire que vous pratiquez l'alchimie. Est-ce exact?

— Oui, tout à fait. Ce n'est pas là un secret bien caché. Je m'intéresse aux plantes et à leurs vertus médicinales. Est-ce condamnable?

— Savez-vous, monsieur, que cet "art" est un fait de sorcellerie? Que vous êtes donc soupçonné d'avoir conspiré avec le Mal?

Saint-Germain ne répondit rien, attendant plutôt de voir la suite de cette grotesque mise en scène.

— Cet acte est condamné par notre sainte Église. Je suppose que vous êtes au courant. Un homme de votre culture ne peut ignorer les leçons laissées par Jésus-Christ, fils de Dieu. La connaissance, monsieur, est l'œuvre du diable et ne peut être considérée que par un esprit averti.

— Je vois. Donc, si je suis votre raisonnement, seuls les religieux peuvent avoir accès à cette science et aux autres. Tous les penseurs de ce monde sont des suppôts de Satan, c'est bien ce que vous sous-entendez ? Pourtant, lorsque vous souffrez de flatulences, monsieur, ne buvez-vous pas une décoction de mélisse officinale ou de cardamome ? Lorsque vous souffrez d'un vilain rhume, n'appliquez-vous pas une mouche de moutarde sur votre torse pour contrer cette infection ? N'est-ce pas d'un linge baigné d'eau et de fleurs d'oranger dont vous couvrirez votre front lorsqu'il sera brûlant de fièvre ? Est-ce là de la sorcellerie ? Non, bien sûr, nous parlons d'herboristerie. En quoi mes recherches sont-elles différentes de celles de l'apothicaire, qui est aussi moine, dites-moi ? Et en quoi mon esprit est-il inférieur à celui de l'ecclésiastique ?

—Mais vous étudiez des fondements auxquels l'Église s'oppose, le nierez-vous ? Nous savons que vos études ne se limitent pas aux plantes et à leurs vertus. Contestez-vous que vos travaux dépassent largement l'herboristerie ?

—Des fondements ? rétorqua le comte, faisant fi de la dernière question du dominicain. Lesquels ? La science de la vie elle-même ? La connaissance, messieurs, permet de comprendre le sens de l'univers et je ne pense pas que Dieu soit en désaccord avec cela. Où est-il écrit que l'homme ne devra jamais chercher à comprendre ce qui l'entoure ? Où est-il mentionné, dans vos Saintes Écritures, que la créature de Dieu ne doit pas savoir et devra demeurer à jamais dans la noirceur ? Si votre Dieu nous a donné la faculté de penser, c'est certainement pour que nous l'utilisions. Voilà ce que je crois !

— Blasphème ! s'écria le plus jeune des religieux en brandissant son index comme s'il en appelait à la puissance divine, tandis que les autres approuvaient par des hochements de tête.

— Montrez-moi ces textes qui interdisent de penser, que je les apprenne par cœur, et alors je vous écouterai !

La voix du comte avait claqué comme un coup de fouet. L'assemblée s'agitait. Saint-Germain perdait patience et peinait à contenir ses paroles. C'en était trop.

— Monsieur, la Bible regorge de passages indiquant à l'homme qu'il ne devra jamais dépasser l'intelligence divine.

Le comte fit un pas dans la direction du frère Jean d'Harcourt, tandis que deux gardes déjà s'approchaient. Il s'arrêta et fixa l'inquisiteur un instant avant de dire calmement :

— N'insultez pas l'intelligence divine en la plaçant si bas que quelques recherches sur des plantes puissent remettre en question sa grandeur ! Vous blasphémez, monsieur !

Le jeune religieux se leva brusquement de son fauteuil, la colère au front.

— Vous êtes un hérétique, monsieur. Votre place est en enfer où vous brûlerez pour toute l'éternité !

Saint-Germain le dévisagea. Son visage était grave.

— L'enfer, c'est la ferveur que déploient les religions pour maintenir l'homme dans l'ignorance, le plongeant jusqu'à le rendre niais dans un obscurantisme dont il ne sortira jamais.

16

D E LOURDS FLOCONS de neige recouvraient le paysage tout en beauté de cette région des Carpates. Les sentiers n'étaient plus accessibles à cheval, il ne restait plus que les rivières pour permettre une circulation relative entre les villages. Le froid engourdissait de plus en plus les activités de ceux qui vivaient dans ces montagnes et bientôt, chaque village serait coupé du reste du monde.

La large barque glissa lentement pour accoster en douceur au bord de l'appontement. Six hommes vêtus de pelisses de fourrure en descendirent. L'un d'eux tendit une bourse au batelier qui le remercia d'un signe de tête.

Sans répondre, le passeur tendit la main, avant d'effectuer les manœuvres pour s'éloigner du débarcadère.

Celui qui semblait diriger la petite troupe fit signe aux autres de le suivre. Ils se dirigèrent vers une auberge qu'on leur avait recommandée, y entrèrent pour manger quelque chose de chaud. Leur mission était simple : demander à rencontrer le prieur de l'*Ordo Fratum Prædicatorum*, le frère Jean d'Harcourt.

Selon les informations qu'avait recueillies le capitaine Diotte de Prévost, le comte de Saint-Germain avait été fait prisonnier par les *Domini canes*, l'Inquisition, et il se trouvait ici même à Brasov. L'officier était parvenu à remonter la piste jusqu'à la ville sans trop de problèmes. Le roi de France l'avait aussitôt envoyé régler cette affaire. Il portait sur lui une lettre cachetée du sceau de Sa Majesté Louis XV, adressée au prieur de cette congrégation.

Le comte de Saint-Germain était enfermé entre les murs de la forteresse depuis maintenant huit semaines, à subir les incessants interrogatoires des inquisiteurs. Il avait appris, au cours d'une des séances, que son ami le comte de Cagliostro avait aussi été fait prisonnier, puis relâché. Les charges retenues contre Henri-Philippe découlaient maintenant de plusieurs chefs d'accusation : sorcellerie, athéisme, franc-maçonnerie et en tant que réformateur. S'il s'avouait coupable de ces hérésies et promettait de s'en repentir en devenant un exemple de dévotion, il serait aussitôt libéré en échange d'une coquette somme. Ces crimes n'en étaient pas à ses yeux. Alors, il tenait bon. Il ne pouvait s'imaginer donner raison aux « chiens de Dieu ».

« Je préfère trépasser pour ma liberté de pensée plutôt que de me soumettre à une idée qui me réduira à l'esclavage… Voltaire me donnerait raison, il n'y a pas de doute ! »

Le prieur Jean d'Harcourt ne voyait pas les choses avec autant de conviction. Il y avait des semaines qu'il ne dormait plus. Il ne savait plus que faire de cet homme qui choisissait délibérément de croupir dans une prison plutôt que de confesser ses fautes. Le personnage le fascinait ; plus d'un aurait signé sa reddition en échange de sa liberté, mais pas lui. Il avait beau tourner et retourner la question, il ne savait pas comment se terminerait ce duel entre le comte de Saint-Germain et l'Église catholique romaine. L'Inquisition se voulait maintenant plus clémente, elle ne brûlait plus les hérétiques sur la place publique, mais tentait plutôt d'en faire des repentis. Elle voulait sauver leur âme, mais comment faire quand le pécheur rejetait l'aide offerte ? Les ordres d'arrêter l'aristocrate lui étaient venus de Benoît XIV, qui était décédé depuis. Les dominicains étaient déjà en route, sur les traces du comte et de quelques autres hérétiques, quand le pauvre homme avait rendu l'âme. Le nouveau pape occupant le Saint-Siège, Clément XIII, n'avait pas encore dicté ses volontés quant à la suite de cette mission. Jean d'Harcourt ignorait maintenant ce qu'il devait faire de ce prisonnier récalcitrant. Le religieux était dans une impasse et il priait pour un miracle, car si rien ne bougeait, les problèmes n'allaient pas tarder à lui tomber dessus. Il n'était pas sans savoir que celui qui croupissait au cachot était l'ami de bien des rois de ce monde. La nouvelle allait rapidement se propager, si ce n'était déjà fait ! Il n'était pas assez naïf pour croire que l'arrestation du noble allait passer inaperçue.

Par deux fois, il avait rencontré l'homme seul à seul pour tenter de lui faire entendre raison, mais ces rencontres s'étaient soldées par un échec. Le comte tenait tête aux auspices de l'Inquisition. Le prieur lui avait pourtant bien fait comprendre qu'il ne tenait pas à le garder dans la forteresse, mais le prisonnier s'entêtait.

—Relâchez-moi alors, avait-il dit au religieux, un sourire narquois aux lèvres.

Mais cette décision ne lui revenait pas. D'Harcourt méditait une fois encore sur le sort du comte lorsqu'un jeune frère entra dans son bureau.

—Pardonnez-moi, mon père. Un visiteur désire vous rencontrer. Il est porteur d'une lettre du roi de France, Louis XV…

Le prieur se redressa. De deux choses l'une : ou bien la solution à son problème se présentait ainsi à lui, ou c'était le sol qui se dérobait sous ses pieds.

—Faites-le entrer, dit-il en passant la main sur son front moite.

Le capitaine Pierre Diotte de Prévost fut introduit dans la salle qui servait de pièce de lecture et trouva le dominicain assis calmement derrière un petit pupitre. Il ne se doutait pas, en le voyant, des tourments qui l'agitaient, et encore moins des appréhensions du religieux à la perspective de cet entretien.

Saint-Germain se grattait au sang. Les morsures des bestioles qui vivaient dans sa paillasse devenaient insupportables et il se demandait s'il pourrait les souffrir encore longtemps avant de tomber malade. Il ne lui restait que deux fioles. Combien de temps tiendrait-il avant que sa liqueur de vie cesse ses effets souverains ? Ces gouttes provenaient d'extraits de plantes, recette fort ancienne qu'il avait découverte au Japon, dans l'archipel d'Okinawa, sur une petite île où les habitants vivaient centenaires. Avant de quitter Chambord, il en avait concentré les doses. Ainsi, une fiole pouvait durer plusieurs jours, s'il se contentait quotidiennement d'une seule petite gorgée.

Il écrivait ses mémoires pour ne pas sombrer dans le désespoir. Chaque jour, il fixait sa pensée sur les mots à choisir, sur les phrases à écrire, mais cette tâche lui devenait de plus en plus difficile. Le froid s'était installé dans la région et déjà la neige recouvrait le coin de paysage qu'il apercevait par le soupirail. On avait installé un brasero dans sa cellule et le frère supérieur de l'ordre lui avait fait porter des couvertures. Chaque repas se composait d'un bol de soupe claire et d'un quignon de pain. Il n'avait pas chaud, mais il ne gelait pas non plus. Par contre, ses doigts étaient souvent engourdis et il devait parfois s'arrêter d'écrire le temps de les réchauffer en s'asseyant dessus de longues minutes.

Évidemment, cette solitude forcée le plongeait au plus profond de lui-même et il avait eu bien le temps de passer en revue sa vie des dernières années. Une évidence s'imposait : il pensait toujours beaucoup à la marquise, il en rêvait même la nuit, mais il semblait avoir fait la paix avec ce qui s'était passé.

Il reconnut le bruit de la clef qui ouvrait la serrure de la porte de sa cellule. Comme d'habitude, le géant muet apparut dans l'embrasure de la porte pour lui faire signe de le suivre. Pour la première fois depuis toutes ces semaines de captivité, l'homme lui adressa la parole.

— Prenez toutes vos affaires, monsieur.

Saint-Germain le regarda, étonné. Était-ce le fait d'entendre sa voix, qui détonnait complètement avec son allure si rustre, ou ce qu'il venait de lui dire ? Un peu des deux, certainement. Il ramassa donc ses effets. Ils enfilèrent les couloirs qu'il connaissait maintenant par cœur, jusqu'à la salle où avaient lieu les sempiternels entretiens avec les *Domini canes*. Lorsqu'il passa la porte, son regard fut aussitôt attiré par une présence inattendue, debout près d'une fenêtre. À l'extérieur, la nuit était tombée. Dans cette région, il faisait nuit tôt et quelques candélabres éclairaient la salle. Malgré la pénombre, il reconnut la longue silhouette et les cheveux ondulés du visiteur, Pierre Diotte de Prévost.

L'aristocrate demeura interdit. Il serra ses effets contre sa poitrine pour mieux contrôler les sentiments qui soudain l'envahissaient.

— Vous !

Sans s'y être attendu, il se mit à pleurer sans retenue. Le capitaine jeta un regard au père de l'ordre des prêcheurs. Celui-ci fixait intensément le pauvre hère qui n'avait plus rien de celui dont on vantait tant les mérites naguère. Mais malgré la barbe hirsute qui lui mangeait la moitié du visage, malgré la saleté de ses vêtements usés, malgré ses ongles noircis, il devait admettre que le comte de Saint-Germain était un homme solide, un être de convictions, et qu'il n'avait pas peur de se battre. Le frère éprouvait même, bien malgré lui, de l'admiration pour son prisonnier.

— Monsieur de Saint-Germain, dit enfin le religieux, vous êtes libre. Vous pouvez quitter la forteresse et aller où bon vous semble.

L'officier français s'approcha du comte et le regarda droit dans les yeux.

— Venez, monsieur le comte, partons d'ici.

Le capitaine déposa un manteau de fourrure sur les épaules amaigries de l'homme qu'il était chargé de protéger et qui lui avait fait vivre tant d'émotions.

Lorsqu'ils se retrouvèrent dans la cour intérieure de la citadelle, Henri-Philippe s'arrêta un instant, ferma les yeux et prit une profonde inspiration.

—Enfin, dit-il seulement, avant de suivre le capitaine qui lui désigna un cheval.

—Saurez-vous le monter?

—Même le porter, s'il le fallait, lui répondit le noble.

Dès qu'ils arrivèrent à l'auberge, l'officier demanda à ce qu'on fasse couler un bain chaud et venir un barbier.

—Voulez-vous manger quelque chose? demanda-t-il à Henri-Philippe.

— Oui, j'ai faim. Je veux une soupe, très chaude, pas un bouillon clair… J'ai eu si froid… si froid…

Le capitaine allait s'éloigner lorsque Saint-Germain lui attrapa le bras.

—Merci, monsieur Diotte de Prévost, merci…

Ses yeux foncés étaient empreints à la fois de tristesse et de la joie d'être enfin sorti de cet enfer.

L'officier poussa un profond soupir, hésita un instant et posa sa main sur celle de l'aristocrate.

—Je suis heureux de vous revoir en vie, dit-il finalement. Je vous croyais mort… Mais à votre apparence, je me demande si vous êtes réellement le comte Henri-Philippe de Saint-Germain, ce gentilhomme au panache légendaire, fit-il dans un sourire complice.

—Laissez-moi manger, prendre un bain et me raser, et vous verrez qui se cache sous cette crasse!

Saint-Germain se réfugia dans sa chambre et referma la porte derrière lui. Il retira ses loques et se laissa glisser dans la baignoire que l'on avait fait installer pour lui dans une pièce adjacente. Alors, il éclata en sanglots. Il pleurait de bonheur de se trouver là, dans cette eau bouillante, que la femme de l'aubergiste avait parfumée d'une odeur florale qu'il ne connaissait pas, mais qui lui sembla la plus délicieuse du monde. Il pleurait d'être enfin libre, de ne pas avoir flanché et d'avoir remporté la victoire sur ce qu'il qualifiait d'abus de pouvoir de la part d'une organisation religieuse. Il pleurait sur ces semaines qu'il avait passées enfermé. Il pleurait sur cette étrange vie de solitude qui était la sienne.

Ce ne fut que le lendemain matin qu'il réapparut devant les soldats français. Lavé, la barbe rasée de près, dans des vêtements propres, il se présenta au capitaine de la garde qui, attablé, discutait avec ses hommes, tandis que dehors, la neige tombait.

—Messieurs, je vous salue, dit-il en s'approchant de la table où ils étaient assis.

—Ah, vous voilà ! s'écria l'officier en se levant pour l'accueillir. Messieurs, je vous présente celui que nous avons si ardemment cherché : le comte de Saint-Germain.

Les cinq soldats se levèrent pour le saluer avec considération, tandis que Diotte de Prévost invitait le noble à prendre place avec eux.

—Vous avez meilleure allure ! À voir votre mine fraîche, on ne pourrait croire que vous avez été enfermé dans une cellule aussi longtemps. C'est incroyable, dit l'homme, visiblement surpris devant le visage reposé du comte. Même vos ulcères et ces gales que vous aviez un peu partout semblent déjà moins graves, alors que le praticien qui vous examinait hier disait que vous en garderiez certainement des marques.

Alors qu'il détaillait l'aristocrate avec intérêt, l'officier du roi remarqua qu'il gardait toujours la cicatrice de son enlèvement, qui remontait à presque deux ans maintenant. Elle semblait plus rouge, plus apparente que d'habitude, certainement à cause de son visage émacié. L'entaille avait été bien profonde pour qu'on en perçoive encore le tracé.

—Ne vous fiez jamais aux médecins, monsieur, ce sont des bouchers. La trousse que vous m'avez remise de la part de Thierry, mon secrétaire, contenait quelques onguents de ma fabrication qui sont assez miraculeux...

— Vous devriez les commercialiser, lança à la blague un des hommes. Vous feriez fortune !

Saint-Germain le regarda en souriant.

—Je vais y penser, c'est une excellente idée, surtout que je les ai testés à maintes reprises. On peut dire qu'ils fonctionnent.

—J'sais pas si c'est à cause de votre onguent que vous avez si fière allure, mais hier, vous étiez loin de ressembler à un gentilhomme... J'devrais peut-être vous en acheter pour en offrir à ma femme, dit celui qui se trouvait de l'autre côté de la table, tandis que tout le monde éclatait de rire.

Le ciel était dégagé. Selon trois vieilles du village de Brasov, il n'y aurait pas de neige avant plusieurs jours. Et on certifiait que les trois sœurs ne se trompaient jamais sur la température à venir. Le comte et les soldats auraient donc le temps de regagner les Portes de fer, où un bateau les attendait pour les ramener en France. Cinq jours après leur arrivée, ils remontèrent sur la large barque conçue pour naviguer sur les rivières de la région. Le temps s'était quelque peu réchauffé et les hommes, désireux de quitter les lieux au plus vite pour rentrer chez eux, donneraient un coup de main au batelier.

L'ancre fut levée sitôt que les premiers rayons de soleil se montrèrent. Le comte prit place sur l'étroite embarcation, où il serait néanmoins à l'abri du vent. Il se sentait assez alerte pour entreprendre ce voyage, mais manquait encore un peu d'énergie. Les semaines de captivité l'avaient beaucoup affaibli, il avait perdu du poids et le manque d'exercice avait eu raison de sa musculature.

Bien entendu, il était hors de question qu'il reprenne son voyage là où il s'était arrêté. L'idée de poursuivre jusqu'à Carei était insensée, surtout que la plupart des routes étaient maintenant impraticables. De plus, il devinait que le capitaine Diotte de Prévost avait été envoyé à sa recherche pour le ramener en France. Le roi exigeait son retour. Il ignorait ce qu'avait offert Louis XV en échange de sa liberté, et il ne le saurait probablement jamais, mais il se doutait que la somme avait été élevée. Le roi de France avait sorti quelques cartes de sa manche. La noblesse exhibait ses privilèges. Si Saint-Germain n'avait pas été comte, et riche de surcroît, il ne serait peut-être jamais ressorti de ce cachot, il en était pleinement conscient. Les voyageurs étaient assoupis, chaudement enroulés dans des couvertures de fourrure, collés les uns contre les autres afin de conserver le plus de chaleur possible. Soudain, Saint-Germain sentit un objet froid le heurter à la tête et se réveilla en sursaut pour découvrir, stupéfait, le visage d'un homme penché sur lui. Un horrible sourire illuminait son visage. Le comte se réveilla tout à fait. Un pistolet était braqué sur sa tempe.

—Monsieur de Saint-Germain, dit l'homme en roumain, nous nous retrouvons enfin. Il y a si longtemps que je vous cherche. Vous savez que vous n'êtes pas facile à tuer ? J'avoue, entre nous, que j'en éprouve presque du respect pour vous. Mais nous y reviendrons. Asseyez-vous, je vous en prie, vous serez plus à l'aise.

Le comte fit ce que lui demandait l'inconnu et vit alors que ses compagnons de voyage se tenaient cois sous la menace de quelques hommes armés. Tous les regards étaient tournés vers lui.

—Je vous tiens, vous êtes à ma merci, dit l'agresseur. Cette fois, vous ne m'échapperez pas, j'en fais le serment. Si vous saviez comme je vous hais, monsieur.

— Qui êtes-vous ? Nous connaissons-nous ? balbutia le comte.

—Oh, bien sûr, que je suis mal élevé. Pourtant, je suis un diplomate… Tut, tut, tut, je manque à tous mes devoirs. Permettez-moi de me présenter. Je suis l'ambassadeur Vlad Balanesco Zidar, dit-il en effectuant un léger salut de la tête, et voici mes hommes.

—Que voulez-vous?

—Tut, tut, tut, monsieur de Saint-Germain, je vous en prie… Vous savez parfaitement qui je suis… Nous sommes de vieilles connaissances, dit l'homme en passant le bout de son arme sur la cicatrice rosée, témoin de leur première rencontre. Dites donc, je vous ai laissé un joli souvenir… J'aurais dû vous tuer tout de suite. Mon hésitation aura été ma plus grande erreur. Et mon associé qui me disait qu'il était préférable d'attendre afin d'être certains de votre identité. Monsieur avait peur des représailles, si vous n'étiez pas celui que nous pensions. Tuer un noble, un ami du roi qui plus est, ne lui souriait guère. J'ai toujours trouvé que Jacobin Rambour était un lâche.

La surprise du comte lorsque l'ambassadeur prononça ce nom fit rire ce dernier. Saint-Germain connaissait ce Jacobin. Il appartenait à la franc-maçonnerie et travaillait pour le compte du duc de Choiseul.

—Ah, oui, bien sûr, vous le connaissez! Il est de vos frères! Eh bien, sachez, monsieur, que c'est un traître dans la plus pure définition du terme! Si je le trouve, je n'hésiterai pas à le tuer, lui non plus. Notre ami commun joue sur plusieurs tableaux, vous savez. Votre frère franc-maçon renseigne également le vice-roi de France. Comme moi, il voulait savoir qui vous étiez réellement. On se questionne beaucoup sur vous, je trouve. Mais attendez, je n'ai pas fini. C'est lui, également, qui vous a vendu à ces religieux de l'Inquisition pour quelques pièces et… c'est cette partie de l'histoire qu'il devra m'expliquer lorsque je lui serrerai la gorge. Un sacré filou, non? Il vend ses informations selon les intérêts de chacun et en fonction du prix qu'y met l'acheteur. Un traître sans foi ni morale ! Un diable d'homme, si vous voulez mon avis, à qui il ne faut surtout pas faire confiance. Mais laissons cela et revenons à nos affaires, voulez-vous. Je vais vous poser une seule question, monsieur de Saint-Germain, et j'aimerais que vous me disiez la vérité cette fois. Je crois la mériter. Depuis le temps que j'espère ce moment...

Toujours assis, Saint-Germain jeta un œil vers le capitaine qui était, comme ses hommes, tenu en joue par les sbires de Balanesco Zidar. Il était évident qu'ils ne pouvaient agir sans risquer la vie d'un des soldats. Henri-Philippe se demanda comment ils allaient s'en sortir. Lui-même n'avait pas la force de se battre, surtout pas contre un enragé comme l'ambassadeur.

— Monsieur de Saint-Germain, je veux connaître votre identité réelle. Qui êtes-vous exactement ?

L'aristocrate plongea son regard foncé dans les yeux de son agresseur. Cet illuminé se croyait investi d'une mission presque divine. C'était un fou, et il l'avait pris en chasse. Peu importe le nom que le comte lui donnerait, cet homme avait l'intention de l'occire.

— Mon père, le chevalier Balanesco Zidar, poursuivit l'homme, faisait partie de l'ordre des Griffons, un cercle restreint de gentilshommes qui ont consacré leur vie à la famille royale. Mais ça, vous le savez peut-être. Il savait, monsieur, que vous étiez dans le sein de votre mère. Sa femme de chambre a trahi son secret entre deux soupirs. Il a toujours douté de votre mort, mise en scène par vos stupides chevaliers François. Vous êtes la copie conforme du prince Gyorgy, bien que vous sembliez plus jeune que ce dernier. Vous voir à la cour a été pour moi une révélation : mon père disait vrai, vous n'étiez pas mort.

Le comte regarda un instant Pierre Diotte de Prévost, comme s'il tentait de lui passer un message. Puis, reportant son attention vers l'ambassadeur, il lui répondit d'une voix posée :

— Je suis Henri-Philippe, comte de Saint-Germain, monsieur.

L'homme opina lentement de la tête. La réponse du noble ne le surprenait pas.

— Alors, tant pis pour vous. Vous allez mourir, que vous soyez celui que je crois ou non.

Vlad Balanesco Zidar empoigna le collet de l'aristocrate pour le forcer à se lever. Il fit signe à ses hommes d'exécuter tout le monde, mais les soldats du roi réagirent aussitôt dans un parfait synchronisme. Une bagarre éclata à bord du bateau.

Un premier coup de feu retentit. Un des hommes de Zidar tomba par-dessus bord, tandis que Diotte de Prévost mettait en joue son vis-à-vis. Son attention se porta vers le comte. Ce fut à cet instant qu'il vit l'ambassadeur, pistolet à la main, viser Saint-Germain. Le capitaine voulut se précipiter vers celui qu'il devait protéger, mais un de ses soldats débola sur le diplomate et le projeta au sol. Un second coup de feu éclata. Saint-Germain bascula à la renverse. Le soldat qui se battait avec Balanesco Zidar roula sur le côté, inanimé. L'ambassadeur ramassa l'arme de celui qui venait de mourir, se releva et se rua sur le comte en pointant le canon sur son front.

—J'en ai assez... Mourez et allez au diable, qui que vous soyez !

Il allait appuyer sur la détente quand le capitaine se jeta sur lui. Une balle partit et atteignit au ventre le protecteur de Saint-Germain.

Le comte entendit son assaillant rager. Il n'eut pas le temps de réagir ; déjà le fou furieux se jetait sur lui pour lui enserrer la gorge. Il vit avec horreur les yeux de son assaillant s'animer de plaisir.

—Vous allez mourir, sale bâtard... Vous n'aurez jamais le trône de la Transylvanie ! Vous n'êtes rien ! postillonna-t-il.

Saint-Germain, trop affaibli par son séjour dans les cachots de la forteresse de Brasov et ne pouvant se servir de son bras à cause de la balle qui venait de traverser son épaule, sentit que ses forces l'abandonnaient. Il faiblissait au fur et à mesure que l'homme serrait. Il allait mourir. Déjà, l'air ne se rendait plus à ses poumons, sa vision se troublait.

Il allait perdre connaissance lorsqu'il vit quelque chose atterrir sur l'épaule de son adversaire : une fiente d'oiseau. Il reconnaissait ce signe, qui avait toujours ponctué les moments cruciaux de sa vie. Un événement allait se produire.

Il sentit les doigts de son assassin relâcher tranquillement son cou. Ses yeux n'exprimaient plus une joie sadique, mais plutôt l'incompréhension. L'homme s'effondra de tout son long sur Henri-Philippe qui demeura quelques instants totalement inerte, tentant de reprendre son souffle. Il finit par recouvrer ses esprits et poussa le corps de Zidar sur le côté, pour découvrir un stylet planté entre les omoplates de son ennemi.

Diotte de Prévost gisait sur son flanc, les vêtements tachés de sang. Saint-Germain s'approcha de lui. Le capitaine était toujours en vie.

—Vous m'avez encore une fois sauvé, mon ami... Tenez bon, je vais nous sortir de là.

Mais c'était impossible. Le froid engourdissait déjà les membres du capitaine. Il n'y avait plus d'espoir. Saint-Germain jeta un coup d'œil autour de lui et constata avec effroi que la plupart des hommes étaient morts.

—Pierre, restez avec moi, je suis là...

—Henri-Philippe, dit l'officier qui l'appelait pour la première fois par son prénom, je m'en vais. Il n'y a rien à faire, je le sais... Je suis heureux de vous avoir connu, même si vous avez saccagé ma vie. Je peux maintenant vous pardonner, car je m'en vais la retrouver. Et il me plaît de vous dire que j'y serai avant vous...

Saint-Germain, penché sur le capitaine de la garde, l'embrassa sur le front, tandis que des larmes inondaient son visage.

—Embrassez-la pour moi, capitaine, et prenez soin d'elle. Je vous rejoindrai...

—Prenez votre temps, que je la garde un peu pour moi... lui répondit l'officier, un demi-sourire aux lèvres.

La mort fixa son regard à jamais.

17

THIERRY ÉTAIT À LA FENÊTRE du cabinet de travail de son maître, là où le comte aimait réfléchir en regardant les Parisiens vaquer à leurs occupations, en écoutant les bruits de la ville. Le secrétaire scrutait la rue, attentif à tout mouvement, mais surtout à l'arrivée tant attendue de l'aristocrate. Les effets personnels du comte étaient en ordre sur le bureau, un feu crépitait doucement dans la cheminée et un café fraîchement infusé était gardé au chaud. Il ne manquait que lui. Thierry répétait ce même rituel chaque jour depuis plus de quatre mois maintenant. Depuis le moment, en réalité, où le comte avait disparu. Le jeune homme n'osait penser au pire.

Bien sûr, il connaissait les habitudes de son patron. Il lui arrivait très souvent de partir comme cela pendant des jours, voire des semaines, mais jamais si longtemps, et surtout sans lui donner de nouvelles. C'était ce qui troublait le plus l'employé, ce silence, qui laissait place à toutes sortes de spéculations.

Il n'était pas le seul à se poser des questions. Le roi s'inquiétait également. Et ce fut ainsi que le capitaine de la garde, Pierre Diotte de Prévost, fut envoyé à la recherche de l'aristocrate.

Après quelques semaines, l'officier, reprenant le chemin parcouru par Saint-Germain, en était venu à découvrir que le comte avait été arrêté au nom du tribunal de l'Inquisition romaine. Il en avait alors informé le roi, qui avait au nom de la France exigé la libération du noble, en échange d'une somme substantielle.

Depuis ce jour, plus personne ne les avait revus. Le capitaine Pierre Diotte de Prévost, les cinq soldats sous ses ordres et le comte lui-même, tous avaient disparu. L'hiver avait figé les recherches et le mystère demeurait entier.

Thierry gérait les affaires de Saint-Germain en espérant profondément son retour. Il se sentait désœuvré sans la rassurante influence de cet homme qui représentait tout pour lui, depuis le jour où il était entré dans cette boutique pour acheter sa liberté.

La porte du cabinet de travail était ouverte et un domestique se présenta au secrétaire.

— Veuillez me pardonner de vous déranger, monsieur, mais une femme demande à voir monsieur le comte.

— Eh bien, dites-lui de repasser, que le maître est absent, lança l'assistant, s'étonnant de cette demande de la part du domestique qui connaissait pourtant la consigne.

— Je lui ai dit, monsieur, mais elle insiste. Elle dit s'appeler Roxanne de la Fressange.

« Tiens ! », se dit Thierry songeur.

— Très bien, je vais la recevoir…

Quelques secondes plus tard apparaissait la belle vicomtesse. Thierry, qui ne l'avait jamais rencontrée, fut ébloui par la beauté de la jeune femme, mais s'efforça de le cacher.

—Madame... dit-il en l'invitant à entrer.

—Mademoiselle, précisa la vicomtesse.

—Mademoiselle, répéta le jeune homme en accompagnant son salut d'un léger mouvement de la tête. Permettez-moi de me présenter. Je suis Thierry, le secrétaire du comte de Saint-Germain. Je vous en prie, asseyez-vous. Désirez-vous une tasse de café? dit-il en désignant de la main la cafetière en argent qui reposait près du foyer.

—Oui, je vous remercie. Il commence à faire froid. Nos hivers ne nous laissent guère de répit depuis quelques années, il me semble.

—Comme vous dites, ils se font de plus en plus mordants.

L'assistant du comte versa le liquide noir dans une tasse de porcelaine qu'il offrit à la jeune femme. Elle y trempa les lèvres, appréciant le goût amer de la boisson.

—Le comte est en voyage, comme vous le savez certainement. En quoi puis-je vous être utile, mademoiselle?

—Je sais que...

Elle hésita un instant sur le terme à employer.

—... que monsieur de Saint-Germain n'est pas en France et je sais également que personne n'a de ses nouvelles depuis plusieurs mois maintenant. Mais je me demandais, monsieur, si vous, qui êtes son secrétaire – et, je le sais, son ami –, saviez où le trouver. Je dois lui parler, c'est urgent. À tout le moins, peut-être pouvez-vous lui faire parvenir une lettre que je vous confierais? J'ai besoin de le joindre. M'aiderez-vous, monsieur?

Thierry prit place dans le fauteuil à côté de celui de la femme. Il venait de se verser une tasse de café et la posa sur le guéridon qui se trouvait entre les deux sièges. Il devinait que la chose était importante, que cette étrange demande cachait une urgence, et il n'osait exiger son développement, appréhendant presque le motif de cet empressement.

—Je suis navré, mademoiselle de la Fressange, mais je ne peux pas vous aider. J'ignore où se trouve le comte, je vous en donne ma parole. Je suis, comme vous, comme tout le monde, sans nouvelles de lui. Sa dernière lettre a été envoyée des Portes de fer, en Serbie, deux semaines après son départ. Et depuis, plus rien.

La jeune femme sembla douter de ses paroles.

—J'ajoute que cette absence et ce silence m'inquiètent. Jamais mon maître n'est demeuré aussi longtemps sans me donner de ses nouvelles.

—Vous ne me mentez pas?

—Non, jamais je ne me le permettrai. Pour vous prouver ma bonne foi, je peux vous dire que je dispose d'un bon réseau d'informateurs. J'ai des amis un peu partout, mais leurs informations confirment toutes ce que je viens de vous dire. Même le roi, mademoiselle, est sans nouvelles des hommes qu'il a envoyés à sa recherche.

Roxanne baissa la tête et dit à voix basse:

—Je savais que c'était ce que vous alliez me répondre… J'en avais l'intuition…

Thierry ne répondit rien ; il n'y avait rien à dire.

—Puis-je vous être utile, mademoiselle de la Fressange ? Vous pouvez me faire confiance…

—Vous savez qui je suis ?

—Oui.

—Je veux dire, vous savez… ciel, c'est si embarrassant !

—Mon maître n'entre jamais dans les détails de sa vie privée, je tiens à vous rassurer. Cependant, je sais reconnaître les femmes qu'il a aimées. Elles ne sont pas légion, mais elles sont toutes magnifiques et uniques.

La jeune noble posa sa tasse à son tour, puis se leva pour faire quelques pas jusqu'à la fenêtre, en silence. Thierry l'observait, attendant qu'elle se décide à lui confier la raison de sa présence. Il la devinait néanmoins. Un long moment passa, durant lequel seul s'entendit le son du balancier de l'horloge sur la cheminée. Dehors, les bruits de la rue étaient étouffés par la neige.

—Je porte son enfant, monsieur… dit enfin Roxanne, sans se retourner.

Thierry ferma les yeux.

Les jours passèrent. L'espoir de revoir le capitaine Pierre Diotte de Prévost et ses hommes ainsi que le comte de Saint-Germain vivants s'amenuisait de plus en plus. Au printemps, le roi envoya une équipe à leur recherche. La troupe refit l'itinéraire de l'officier et de ses hommes jusqu'à la petite ville de Brasov. Là, ils allèrent trouver le prieur Jean d'Harcourt, qui leur confirma que Diotte de Prévost et Saint-Germain étaient repartis quelques jours après la libération du prisonnier. Les hommes de Louis XV interrogèrent même les habitants, ainsi que les tenanciers de l'auberge où ils étaient descendus. Ils apprirent que l'officier du roi, ses compagnons et l'aristocrate avaient embarqué sur un bateau qui devait les ramener aux Portes de fer. Mais ledit bateau n'était jamais arrivé à destination. Il ne fut jamais retrouvé. Ces hommes avaient littéralement disparu. Les gens de la région affirmèrent alors qu'ils avaient certainement été dévorés par les loups. Il n'en fallait pas plus pour que la rumeur se répandît dans les villages avoisinants.

— Et vos loups, ont-ils également dévoré le bateau ? avait marmonné avec ironie celui qui menait l'expédition, en haussant les épaules.

Après quinze semaines de recherche, l'équipe rentra donc en France, bredouille. Le roi convoqua Thierry à Versailles pour lui faire part des nouvelles.

— J'ai l'immense regret de vous informer que le comte de Saint-Germain a disparu, et tout porte à croire qu'il est mort. Vous me voyez désolé.

À son tour, le secrétaire annonça à la vicomtesse Roxanne de la Fressange la tragique nouvelle. La jeune femme, tenant dans ses bras son enfant né en juin, regarda le poupon avec tristesse. Des larmes inondèrent son visage et coulèrent sur le nourrisson. Thierry la prit contre lui afin de la réconforter, et lui promit de veiller sur elle et sur le petit Henri, le fils de Saint-Germain.

ÉPILOGUE

Christie's
20, Rockefeller Plaza, New York,
novembre 2014

L A SALLE NE COMPTAIT PAS beaucoup d'acheteurs. Moins d'une dizaine de personnes se trouvaient là, assises sagement, feuilletant en silence le catalogue de cet encan. Trois vendeurs attendaient debout, un ou deux téléphones à la main, prêts à faire monter les enchères et à informer les clients qu'ils avaient au bout du fil du déroulement de la vente. Certains participaient également par Internet. Mais les vrais connaisseurs se déplaçaient, les autres spéculaient. Et pour se trouver là, en ce frisquet mois de novembre, alors qu'un temps de chien s'abattait sur la ville et qu'une pluie torrentielle enlevait toute envie de mettre le nez dehors, il fallait être réellement déterminé. On ne s'arrêtait pas dans cette salle au hasard de ses pas.

Le lot qui intéressait particulièrement ces acquéreurs provenait d'une collection privée. Des livres, en fait, issus de la liquidation d'un héritage. L'unique héritier du défunt, un collectionneur, avait décidé de se débarrasser de certaines de ses affaires, qu'il jugeait probablement sans intérêt. Christie's mettait donc en vente une bibliothèque comprenant une centaine de bouquins très anciens, dont plusieurs fort rares.

Parmi les gens sur place se trouvait un homme élégamment vêtu. Il fixait avec intérêt l'un des livres, posé sur un lutrin. Un gardien de sécurité se tenait tout près de l'objet. On disait de l'œuvre qu'elle était unique. Les acheteurs pouvaient l'examiner, en faire le tour, sans pouvoir par contre y toucher. L'ouvrage était ouvert sur une illustration somme toute assez simple. Mais l'homme n'avait pas besoin de le prendre dans ses mains, ni même de l'examiner pour en confirmer l'authenticité. Il savait qu'il était celui qu'il recherchait.

« Enfin, te voilà. Il y a si longtemps que je te cherche… », murmura-t-il en apercevant l'œuvre sur son présentoir, tandis qu'un demi-sourire trahissait sa joie. Il passa la main dans ses cheveux foncés parsemés de quelques fils d'argent, puis alla prendre place dans la salle.

Le commissaire-priseur entra, suivi d'une femme d'une grande beauté. L'homme la remarqua et lui sourit, puis il reporta son attention sur le vendeur qui avait déjà entamé sa présentation du contenu de la vente, s'attardant à quelques livres rares, dont le *Mutus Liber* qui reposait sur le lutrin. Puis, l'enchère débuta.

Le *Mutus Liber* constituait la pièce principale de cette vente. C'était sa rareté, pour ne pas dire son unicité, qui expliquait la présence d'acheteurs venus d'un peu partout.

Les enchères s'ouvrirent à vingt mille dollars. Pendant les minutes qui suivirent, le visiteur assista à une véritable flambée des prix. « De toute évidence, se dit-il, il y a des connaisseurs dans la salle. » Le montant avoisinait déjà les soixante-quinze mille dollars et on devinait que la montée des enchères commençait à en essouffler certains. Il ne restait plus que trois joueurs. Les yeux du commissaire-priseur butinaient de l'un à l'autre. L'affaire était bonne, son client en serait ravi, songea le commissaire, son petit maillet à la main. Il savait que ces livres étaient recherchés, mais il ne s'était pas douté que la vente atteindrait une telle somme.

— Nous avons ici soixante-quinze mille dollars...

Un des vendeurs en ligne leva la main.

— Cent.

— Cent mille dollars... Quelqu'un pour renchérir ?

Un des acheteurs leva la tablette portant un numéro.

— Cent vingt-cinq mille dollars ici...

Un silence suivit. Le montant devenait tout simplement extravagant. Mais l'homme au téléphone souffla à son représentant un nouveau prix, car celui-ci leva la main en faisant un signe.

— Nous avons une nouvelle offre. Deux cent mille !

s'écria celui qui dirigeait les enchères.

Il scruta les visages qui se trouvaient devant lui, puis conclut que la vente était terminée.

— Deux cent mille dollars une fois... deux cent mille dollars deux fois...

— Cinq cent mille dollars ! lança le mystérieux inconnu, qui jusqu'alors était demeuré silencieux.

Quelques têtes se tournèrent vers lui et des murmures se firent entendre. Le commissaire regarda à son tour le négociant qui avait fait l'avant-dernière offre, mais celui-ci, d'un léger mouvement de la tête, indiqua que son client se retirait.

— Cinq cent mille dollars... Fort bien. Qui dit mieux?

Le commissaire leva son petit maillet en bois et tapa sur son heurtoir pour conclure la transaction.

— Le prix définitif de cette vente est donc de cinq cent mille dollars! Adjugé pour le lot 790-45 comprenant ce livre rare, intitulé *Mutus Liber*. Félicitations! Monsieur?

— Saint-Germain. Philippe Saint-Germain.

Le commissaire-priseur plissa le front en entendant le nom, mais déjà l'homme quittait la salle pour passer à la caisse et régler les détails de la vente.

— Saint-Germain, fit le responsable des paiements à un homme qui venait de le rejoindre. Rien de moins!

L'acheteur venait de régler les frais de la vente et quittait maintenant l'endroit.

— Encore un qui cherche à nourrir la légende du comte Henri-Philippe de Saint-Germain, dit le professeur Liam Stevenson.

— Un excentrique, lui répondit l'autre.

— Oui, comme tu dis... Monsieur a de l'argent et pense que tout est possible parce qu'il le désire. Ah, ces riches! murmura le caissier. Faut être dans la vente d'objets rares pour voir à quel point ces gens vivent en marge de la réalité! Payer un tel prix pour quelques bouquins... Pfff, j'te jure!

Son compagnon regardait la porte close par laquelle était sorti celui qui venait d'acquérir à prix fort la bibliothèque de livres rares. Il semblait songeur.

— Oui, des excentriques...

Le professeur d'histoire s'éloigna pour se rendre aux toilettes, tout en sortant son téléphone cellulaire

de sa poche. Après avoir échangé quelques politesses
avec son interlocuteur, il dit enfin :
— Dis-moi, Charlotte, tu peux me faire une
recherche sur un certain Philippe Saint-Germain ?...
Oui, oui, vivant... Merci.

∞

Professeur d'histoire à l'Université de New York,
Liam Stevenson tentait de transmettre à ses étudiants
sa passion pour les mystères anciens. Il abordait avec
eux les textes sacrés, le symbolisme et les sciences
occultes à travers les œuvres du xiie au xixe siècle.
Vaste programme, en réalité.

Stevenson, assis à son bureau, regardait avec intérêt le catalogue de la vente aux enchères qui avait eu
lieu deux jours plus tôt. Il avait espéré, en se rendant
à l'événement, convaincre le futur acheteur de lui
permettre d'étudier le livre qui avait constitué le clou
de cet encan, le fameux *Mutus Liber*.

Bien entendu, l'université avait rejeté sa demande
d'acquérir le fameux bouquin, précisant qu'elle n'avait
pas les fonds nécessaires. Stevenson n'avait pas été
surpris de leur réponse.

— Cinq cent mille dollars, incroyable ! Quelle
somme, tout de même, pour des livres ! On pourrait
revitaliser la bibliothèque entière du département avec
un tel budget. C'est complètement dingue !

— Tu sais, c'est un drôle de personnage que ce
Philippe Saint-Germain, lui répondit son assistante,
Charlotte Decourcelle.

Cette jeune Française vivait à New York où elle terminait son doctorat en symbolisme religieux. Elle gagnait quelques sous en corrigeant les copies du professeur Stevenson, son amant.

—Il faut dire qu'il est assez séduisant avec ses cheveux mi-longs poivre et sel, ses petites lunettes rondes en corne et son style bohème. Il ressemble vaguement à Johnny Depp. Comme lui, il dégage un parfum de mystère.

—Et c'est rien de le dire, si tu le voyais en personne ! Un homme assez étonnant, semblant venir d'ailleurs… avec des manières et une façon de se tenir comme s'il sortait d'un roman du XVIIIe siècle ! Et quel charisme !

—J'ai lancé quelques recherches sur le Web et je n'ai presque rien trouvé… En fait, si. On déniche bien des infos sur son parcours professionnel, mais rien sur sa vie privée !

—Il n'est pas le seul, tu sais… Si tu tapes mon nom, tu trouveras la même chose.

—Mouais, je sais. En tout cas, ton acheteur a les moyens. Le montant de cette vente doit faire partie de ses menues dépenses…

—À ce point-là ?

—Il possède des mines d'or et de diamants, en Afrique, en Asie et au Canada. Tu connais certainement la compagnie Golden Apple ?

Le professeur lui répondit d'un signe de tête.

—Eh bien, il en est l'actionnaire majoritaire, poursuivit l'assistante, et ça, c'est sans parler des actions qu'il possède dans les télécommunications et chez Apple.

—Tiens, il aime les pommes... Un lien avec la franc-maçonnerie, peut-être?

—À n'en pas douter. Regarde le symbole qui se trouve accolé au nom de sa compagnie:

∴

—Ah, oui... Intéressant, surtout quand on connaît la rumeur qui prétendait que le fameux comte de Saint-Germain était immortel. Ces trois points correspondent également aux trois étapes recherchées par l'alchimiste pour atteindre le Grand Œuvre.

—Tiens, tiens... Aurions-nous découvert le comte de Saint-Germain, le bon ami de Louis XV? dit la jeune femme pour se moquer. En tout cas, ton bonhomme sait certainement fabriquer de l'or, à voir sa fortune!

—Mmm, je comprends pourquoi il paraissait si calme en faisant sa dernière offre. Même si quelqu'un avait renchéri, il aurait tenu aussi longtemps que nécessaire!

Stevenson demeura un moment songeur.

—C'est étrange tout de même de s'appeler Saint-Germain, d'être franc-maçon et de posséder des mines d'or. Quoi qu'il en soit, je lui ai laissé un message, j'espère qu'il me rappellera et qu'il consentira à me recevoir afin que je puisse étudier de près son bouquin.

—Et tu crois qu'il va accepter?... Moi, j'ai des doutes. Ce genre de personnes collectionnent les objets pour les enfermer dans leur précieuse baraque, bien à l'abri des regards, et ils sont seuls à en bénéficier… Tu me diras, au prix qu'ils payent, je les comprends!

— Peut-être, mais ça vaut la peine d'essayer.

∽

— Monsieur Saint-Germain, je veux d'abord vous remercier d'avoir accepté de me recevoir chez vous. Je sais à quel point vous devez être occupé, lança le professeur Stevenson en entrant dans le salon à la décoration moderne, après qu'un domestique l'eut introduit.

Saint-Germain se leva et rattacha son veston, en homme distingué qu'il était, tandis que le professeur s'approchait de lui la main tendue.

— Soyez le bienvenu, monsieur Stevenson. Je dois avouer que je ne m'attendais pas à votre appel et encore moins à votre demande.

— Oui, comme je vous l'ai dit, je me passionne pour les écrits traitant de l'alchimie et de ses mystères. Et le *Mutus Liber* est, mon Dieu, une référence…

— Vous connaissez donc le *Livre muet*? questionna le milliardaire.

— Je n'en connais que ce qu'on en dit. C'est une rareté!

— Rareté, dites-vous? Je vous répondrai, monsieur, que le *Mutus Liber* est unique. Il n'en existe aucun autre exemplaire.

— Comment pouvez-vous en être aussi sûr? s'enquit le professeur.

L'homme le regarda bien en face. Ses yeux foncés émirent une onde de satisfaction.

—Parce que je le sais, monsieur Stevenson. Venez avec moi, je vous prie.

Comme un enfant, le professeur suivit sagement son hôte. Il avait l'impression que ce dernier était inatteignable. Quelque chose de lointain se dégageait de lui.

La demeure était grande, mais sans tomber dans l'excès. Elle était de style contemporain, ce qui surprit le professeur qui s'était attendu à une maison ancestrale, aux murs lambrissés et à la décoration passée. Les pièces ne comportaient que le nécessaire, mais uniquement de la beauté. Dans un salon dont les doubles portes étaient ouvertes, deux causeuses de cuir noir se faisaient face. Sur les murs blancs, un immense tableau à l'encadrement en bois représentait une femme d'une autre époque. L'œuvre, d'un réalisme incroyable, donnait une touche unique à la pièce dépouillée.

—Elle est magnifique, dit Stevenson en s'arrêtant pour regarder la toile. De qui s'agit-il ?

La femme posait de trois quarts et regardait directement le visiteur. Elle était d'une grande beauté avec ses cheveux dénoués tombant en cascades sur ses épaules. Ses yeux gris argenté exprimaient une pointe de tristesse et captaient entièrement le regard de l'observateur. On aurait dit qu'elle était sur le point de dire quelque chose, que l'on partageait avec elle un moment intime de sa vie.

L'homme s'arrêta et la regarda lui aussi pendant un instant, avant de répondre :

—J'ai acheté cette toile à Paris, lors de la vente de succession d'un vieil aristocrate. Selon les papiers qui venaient authentifier le tableau, il s'agit de Jeanne de la Rochefoucault, marquise d'Urfé, une noble du xviii⁰ siècle.

—Une marquise... elle est d'une grande beauté.

—Oui, le genre de femme qui marque une vie... Mais déjà, le propriétaire des lieux s'éloignait et Stevenson lui emboîta le pas. Saint-Germain ouvrit une porte qui menait au sous-sol.

—Vous comprendrez que je garde les livres dans une voûte spécialement aménagée afin de les préserver, dit-il en empruntant les marches.

Le collectionneur invita le professeur à pénétrer dans une salle qui contenait une magnifique table en bois et des fauteuils de cuir. Il tendit des gants de coton au professeur, qui les enfila aussitôt.

—Je vous donne l'autorisation d'étudier le *Mutus Liber*, mais vous devrez le faire ici. Le livre ne quittera pas cette pièce et vous devrez porter ces gants en tout temps. Cela vous convient-il ?

Stevenson opina de la tête, tandis que Saint-Germain s'écartait de la table sur laquelle se trouvait le volume. L'historien s'en approcha lentement et se pencha pour l'examiner avec attention.

—Je peux ? demanda-t-il au collectionneur en tendant la main vers l'ouvrage.

—Il serait difficile de l'étudier sans en tourner les pages. Ne vous en faites pas, il n'est pas aussi fragile qu'il en a l'air, malgré son grand âge.

Philippe Saint-Germain prit place dans un fauteuil en face de Stevenson et l'observa pendant qu'il consultait le livre. Le professeur avait sorti un carnet, prenait des notes, totalement absorbé par ses découvertes.

—Passionnant, n'est-ce pas ?

—Extraordinaire! Il y a sur chaque planche une foule d'informations. Cette recherche prendra bien...

—Toute une vie, croyez-moi.

Stevenson leva les yeux vers son hôte, qui le fixait. Il mourait d'envie de l'interroger. Il osa enfin.

—Puis-je vous poser une question?

—Vous le pouvez, mais je me réserve le droit de ne pas y répondre.

—Bien sûr, c'est tout à fait dans l'ordre des choses. J'aimerais connaître les raisons qui vous ont poussé à acheter ce livre? Que représente-t-il pour vous?

—Je collectionne les livres rares, c'est une passion que j'ai depuis très longtemps.

Cette phrase laissa le professeur songeur. Il regarda un instant le richissime homme d'affaires qui se trouvait devant lui, tout en se demandant quel âge il pouvait avoir.

—Très longtemps? Vous ne me semblez pas si vieux... fit-il en souriant.

—Vous pourriez être surpris.

—Je sais que vous n'êtes pas Américain. D'où venez-vous, monsieur Saint-Germain, si je puis me permettre?

L'homme ne lui répondit pas tout de suite. Il l'observait.

—Je suis Européen.

«Européen, plutôt vague comme réponse...»

—Puis-je vous poser une autre question, d'ordre symbolique?

—Faites!

—J'ai la manie de voir des étrangetés partout et de faire de drôles de recoupements. Et je trouve étonnant que vous vous appeliez Philippe Saint-Germain et que vous soyez propriétaire de mines d'or. Le hasard est plutôt incroyable, non?

—Est-ce une question ou une affirmation?

—Une question mal formulée, je dirais.

L'homme ne put retenir un sourire. Malgré cela, une profonde tristesse marquait ses yeux.

—Vous m'êtes sympathique, monsieur Stevenson. Et voyez-vous, je suis quelqu'un qui apprécie les gens francs et directs. Posez-moi la question qui vous brûle les lèvres, allez-y.

Le professeur se gratta la joue gauche un moment, comme s'il cherchait à savoir s'il allait trop loin.

—Très bien. Mon approche a manqué de subtilité. Je meurs de curiosité de savoir qui vous êtes exactement. Vous semblez si mystérieux que l'historien en moi ne cesse de s'interroger.

—Je vais satisfaire le passionné d'histoire que vous êtes. Je suis Philippe Saint-Germain, descendant du comte Henri-Philippe de Saint-Germain et de la vicomtesse Roxanne de la Fressange. Mes aïeux ont hérité de la fortune du comte. En tant qu'historien, vous savez peut-être que le comte a disparu et que personne ne l'a jamais revu vivant. L'expédition qui fut envoyée au printemps 1760 ne retrouva pas le bateau qui devait ramener mon ancêtre en Serbie, et encore moins les corps des soldats partis à sa recherche. Il est fort possible qu'il ait été dévoré par des loups, allez savoir! Selon ses volontés testamentaires, tous ses biens, sa fortune, ses mines d'or et de diamants devaient revenir à son fidèle secrétaire, Thierry, qu'il considérait comme son fils. Ce dernier hérita également de son titre, devenant ainsi Thierry, comte de Saint-Germain. L'homme épousa en justes noces Roxanne de la Fressange, mère de l'enfant d'Henri-Philippe de Saint-Germain. L'ancien secrétaire fut toute sa vie reconnaissant envers le comte de l'avoir racheté pour quelques sous et de lui avoir offert une nouvelle existence. Thierry fit autant avec Henri, le fils illégitime du comte, qu'il a élevé et chéri toute son existence. Je suppose qu'il trouvait logique que le fils de son maître devienne l'héritier de sa fortune. Je suis donc un descendant du vrai comte de Saint-Germain.

— Mon Dieu, cette histoire est incroyable… Mais comment connaissez-vous tous ces détails ? Lorsqu'on lit la vie de cet homme, on ne trouve rien de ce que vous venez de me dire.

— Le comte tenait un journal, tout comme Thierry, qui y consignait tout ce qui se produisait dans la vie de son mentor. Ces notes se sont transmises de génération en génération. Elles appartiennent à la famille et jamais elles ne furent publiées. Je doute qu'elles le soient un jour. Lorsque Henri-Philippe disparut à l'hiver 1760, son secrétaire fit de nombreux voyages pour tenter de retrouver sa trace ou celle de sa dépouille, mais jamais on ne sut ce qui s'était passé.

— Cette histoire est passionnante. Vous devriez en faire un roman.

— J'y songe parfois, mais qui s'intéresserait à ces histoires passées ?

— Votre destin est fascinant, quand on y pense bien…

Saint-Germain se leva pour montrer à son invité que leur entretien était terminé.

—Vous savez, monsieur Stevenson, je ne crois pas au destin. Je dois malheureusement couper court à cette conversation des plus agréables, j'en conviens, mais j'ai un avion à prendre. Pour que vous puissiez poursuivre vos recherches sur le *Mutus Liber*, en mon absence, je vous ferai envoyer des photos de chaque planche.

L'homme d'affaires raccompagna son visiteur jusqu'au salon. Le professeur était songeur.

—Monsieur, le *Mutus Liber* n'appartenait-il pas au comte de Saint-Germain? Comment se fait-il qu'il se soit retrouvé dans la bibliothèque d'un autre collectionneur?

—En effet, vous avez raison. À la mort du comte, le livre a mystérieusement disparu. Il a certainement été dérobé. Selon les dernières volontés de mon ancêtre, le *Mutus Liber* devait être remis à un homme en qui il avait une grande confiance, un libraire du nom d'Agopian, mais Thierry n'a jamais pu répondre à la demande de son maître. Nous n'avons plus entendu parler du livre pendant plus de deux siècles, jusqu'à ce que je retrouve sa trace tout récemment, à l'annonce de sa mise en vente par Christie's. C'est grâce aux écrits de mon aïeul si je connais si bien cette œuvre unique…

Le professeur Stevenson nota au passage que l'homme avait dit: «Nous n'avons plus entendu parler du livre pendant plus de deux siècles…» Certainement, une façon de s'exprimer, pensa-t-il.

—Une dernière chose, si vous me le permettez...
Est-ce que tout ce que vous me dites est bien vrai?
Cela me semble si fantastique. Est-ce une histoire
inventée?

L'homme le regarda un instant. Ses yeux couleur
nuit pétillaient d'un certain amusement.

—Rien n'est jamais aussi fascinant que la vérité,
monsieur Stevenson.

FIN

NOTE DE L'AUTEURE

À la lecture de ces trois tomes, certains diront que quelques dates et faits historiques n'ont pas été respectés, que la chronologie des événements n'est pas en tout temps authentique, que le rôle de quelques personnages n'est pas tout à fait exact, et ils auront raison. J'ai pris quelques libertés dans le but de faire entrer l'Histoire dans mon histoire. Ainsi, la date de la mort et l'orthographe du nom de la marquise de la Rochefoucauld, les dates de la présence de Saint-Germain à Chambord, ou encore l'introduction de Aude Bérangère, personnage fictif, comme amante du prince Ràkoszi et mère du comte de Saint-Germain en sont de bons exemples. J'ai également prêté des motivations à des personnalités historiques pour mieux présenter le récit que j'avais en tête. Tout cela dans le seul but de construire une aventure qui aura su, je le souhaite, vous captiver.

Il est intéressant de savoir que très peu de données existent réellement sur le comte de Saint-Germain, mais j'ai tenté de le dépeindre en fonction de ces maigres informations. Il me plaît de croire que cette reconstitution pourrait s'approcher de la vérité, et qu'en attribuant à cet homme énigmatique une vie aussi passionnante, je toucherais du bout de ma plume le mystère qu'il représentait.

REMERCIEMENTS PARTICULIERS

Pour écrire cette série, j'ai reçu l'aide de quelques personnes que je tiens à remercier.

Jacques G. Ruelland, Grand Secrétaire de la Grande Loge du Québec.

Merci à un ami franc-maçon, qui se reconnaîtra.

Merci à François Perreault de la bijouterie Perreault, pour ses précieuses informations sur l'or.

À Corinne, ma sœur, toujours de si bon conseil.

À mon éditeur et à son équipe, mille mercis.

Suivez-nous

Achevé d'imprimer en octobre 2013
sur les presses de Marquis-Gagné
Louiseville, Québec